AF553210

वाह जिंदगी!

वाह जिंदगी!

रमेश पोखरियाल 'निशंक'

प्रकाशक • **प्रभात प्रकाशन प्रा. लि.**
4/19 आसफ अली रोड,
नई दिल्ली–110002

संस्करण • 2021
मूल्य • चार सौ रुपए
मुद्रक • नरुला प्रिंटर्स, दिल्ली

WAH ZINDAGI! *stories* by Ramesh Pokhariyal 'Nishank' ₹ 400.00
Published by Prabhat Prakashan Pvt. Ltd., 4/19 Asaf Ali Road, New Delhi-2
e-mail: prabhatbooks@gmail.com ISBN 978-93-5186-720-3

अनुक्रम

वाह जिंदगी!

शाम का धुँधलका गहराने लगा था। सूर्य अपनी समस्त आभा को समेटता अस्ताचल में डूब रहा था। डूबते सूर्य की स्वर्णिम आभा पश्चिमी आकाश को भी स्वर्णिम कर रही थी। बालकनी की आरामकुरसी पर बैठा मैं अस्त होते सूर्य को निहार रहा था। देख रहा था कि सूर्य उदित होते समय जैसी स्वर्णिम आभा बिखेरता है, वैसी ही आभा अस्त होते वक्त भी दिखाई दे रही थी। मुझे बहुत पहले स्कूल में किसी कक्षा में पढ़ा संस्कृत का श्लोक याद हो आया—

उदेति सविता ताम्रः, ताम्रः एवास्तमेति च।
सम्पतौ च विपतौ महतामेएकरूपता॥

कितना सार है इस श्लोक में। क्या वास्तव में कोई सूर्य की भाँति हो सकता है कि वह अच्छे व बुरे दिनों में समान आचरण करे? सुख-दुःख में एक समान रह सके। ऐसा कैसे संभव हो पाता होगा? मुझे अपने आप पर भी आश्चर्य हुआ। आज न जाने कैसे इतने वर्षों पहले पढ़ा श्लोक मुझे यों ही याद आ गया। अपनी पिछली बातों को याद करने का समय मुझे कभी मिला हो, ऐसा मुझे याद नहीं आया। तो क्या जिंदगी मुझे एक मौका दे रही है। बीती बातों को याद करने का, जिंदगी को फिर से जीने का?

बहुत देर तक बालकनी में बैठा मैं डूबते सूर्य को देखता कहीं खो सा गया था, इतनी देर तक कि अब पूरा अँधेरा घिर आया था। आज न

तो बालकनी की लाइट जलाने की इच्छा हुई और न ही अंदर जाकर कमरे में बैठने की। अँधेरा देख थोड़ी देर में जरूर कृतिका स्वयं ही आकर रोशनी कर जाएगी। किंतु यह रोशनी अब मुझे चुभने सी लगी है। अपनी बीती जिंदगी सिनेमा की रील की तरह आँखों में घूमने लगी।

घोर अभावों में कटा बचपन, पिता मामूली किसान, माँ गृहणी, पाँच भाई-बहनों सहित कुल सात लोगों का परिवार। बुद्धि की प्रखरता भी दाने-दाने को मोहताज परिवार के लिए कुछ कर पाने के हौसले में ही धूमिल होती चली जा रही थी। स्कूल जाने से पहले और लौटने के बाद पिता के साथ खेतों में मजदूरी करने के बावजूद ठीक-ठाक नंबर लेकर पास हो ही जाता। इसी आपाधापी में बचपन कहाँ खो गया, कुछ पता नहीं। मेधावी व गरीब विद्यार्थियों को मिलनेवाली छात्रवृत्ति के सहारे गाँव के पास ही स्थिति स्कूल से दसवीं पास कर पाया।

पिताजी ने आगे की पढ़ाई के लिए हाथ खड़े कर दिए तो फिर उसी छात्रवृत्ति के सहारे घर से भाग आया। कॉलेज़ में प्रवेश लिया। कुछ सहपाठी दोस्त मिले, जिन्होंने कुछ ट्यूशन भी दिलवा दी। अभावों में बीते बचपन और घोर उपेक्षा में बीती युवावस्था तथा हर पग पर मिलते थपेड़ों ने मन में कुछ कर गुजरने का जुनून पैदा कर दिया। और फिर दिन देखा न रात। आँधी देखी न बरसात। बस अपना ध्यान पढ़ाई पर केंद्रित कर दिया। अँधेरे कमरे में तेल की कुप्पी की रोशनी में की गई पढ़ाई रंग लाई और आखिरकार मैंने देश की सर्वश्रेष्ठ मानी जाने वाली प्रशासनिक सेवा में सफलता हासिल कर ही ली।

पहले कुछ हासिल करने का जुनून और अब हासिल कर लिया तो अपने आपको साबित करने की चुनौती। लोअर क्लास की यही मानसिकता होती है शायद। अपने आपको साबित करने की चाहत। यह डर कि कहीं कोई यह न कहे कि छोटे घरों से आए लोग प्रशासन के लायक ही नहीं होते। इसी धुन में सत्रह से अठारह घंटे काम करने के लिए भी कम लगते। क्या ये दिन और बड़े नहीं हो सकते? मैं सोचता और फिर अपनी

बेवकूफाना सोच पर स्वयं ही मुसकरा देता।

ज्यों-ज्यों समय बीतता गया, ईमानदारी और कर्तव्यनिष्ठा से की गई मेहनत के चर्चे होने लगे, तो कुछ लोग दोस्त बने और कुछ दुश्मन बनते चले गए। अपनी कार्यशैली से कई वरिष्ठ और कनिष्ठ सहयोगियों की आँख की पुतली भी बना तो आँख की किरकिरी भी, लेकिन मैंने पीछे मुड़कर नहीं देखा।

ज्यों-ज्यों उम्र बढ़ती गई, माता-पिता को मेरे विवाह की चिंता हुई। लेकिन मेरी प्राथमिकता में विवाह का तो कोई स्थान ही न था। सच कहूँ तो मैं अपने काम में इतना व्यस्त था कि मैं शादी के विषय में सोच ही नहीं पाया। कुछ वर्ष बाद एक समारोह में कृतिका से मुलाकात हुई, जो स्वयं अनाथ थी और जिस अनाथाश्रम में पली-बढ़ी, उसी को सँभाल रही थी। एक-दो बार उससे मुलाकात हुई तो मुझे लगा, जैसे मेरा अनायास ही उससे लगाव बढ़ता जा रहा है। उसका सीधा-साधा व्यक्तित्व, सहज-सरल और अपने काम के प्रति समर्पण ने मुझे उसके करीब लाकर खड़ा कर दिया था और इसकी परिणति हुई कि कुछ वर्षों बाद एक सादे समारोह में अपने कुछ संबंधियों और इष्ट मित्रों की उपस्थिति में मैं कृतिका के साथ परिणय सूत्र में बँध गया।

समय बीता, परिवार में बढ़ोतरी हुई। हम दोनों एक पुत्र और एक पुत्री के माता-पिता बने। सबकुछ बदला, लेकिन न बदला तो काम के प्रति मेरा जुनून। न बच्चों को समय दे पाता, न कृतिका को। वर्ष-दर-वर्ष बीतते गए, लेकिन कृतिका ने कभी कोई शिकायत न की। बच्चे क्या पढ़ रहे हैं, कैसे पढ़ रहे हैं, इस सबकी चिंता कृतिका करती। बच्चे अच्छा पढ़ रहे थे और अच्छे संस्कार भी ग्रहण कर रहे थे।

मैं पूरी कर्तव्यनिष्ठा और ईमानदारी से काम करता हूँ, इसीलिए ईश्वर भी मुझसे खुश रहता है और मेरे व मेरे परिवार के सभी लोग शांति एवं सुख से भी रह रहे हैं। यही सोचकर मैं ईश्वर को बार-बार धन्यवाद देता हूँ।

लेकिन अब यह क्या हो गया? क्यों ईश्वर ने आँखें फेर लीं मुझसे? क्या गलती हुई है मुझसे? इतने वर्ष की नौकरी में कई सरकारें आई और गईं। मंत्री भी बदले और मुख्यमंत्री भी, लेकिन मेरी आवश्यकता हर किसी को रही। सबके साथ रात-दिन खपकर बहुत अच्छा काम किया मैंने। बल्कि यों कहूँ कि मेरे काम ने किसी के साथ मेरे संबंध बिगड़ने नहीं दिए।

पर अब तो मेरी सारी धारणाएँ बदलती जा रही थीं। सूबे में सत्ता-परिवर्तन हुआ और नया निजाम जो पुराने निजाम का धुर विरोधी था, उसने बदले की नीयत से पिछले कुछ वर्षों में जो-जो भी काम मेरे द्वारा किए गए, पर जाँच बिठा दी और जाँच करनेवाला अधिकारी भी मुझसे न जाने किस जन्म का बदला ले रहा है कि जान-बूझकर मुझे और बदनाम करने की कोशिश कर रहा है। कुप्रचार करता जा रहा है कि बड़ा ईमानदार बनता था। जब तक जाँच पूरी नहीं हो जाती, तब तक मुझे जबरन छुट्टी पर बिठा दिया गया है। इतना अपमानित मैंने कभी महसूस नहीं किया अपने आपको। घर में बंद हो गया हूँ, तब से बाहर निकलता हूँ तो लगता है, सब लोग मुझे ही घूर रहे हैं, मेरे बारे में ही बात कर रहे हैं। हे भगवान्! क्या करूँ मैं अब? बच्चों और पत्नी तक को मुँह दिखाने का मन नहीं हो रहा। जिस नौकरी और काम के जुनून ने कभी अपने और अपने परिवार के बारे में सोचने का समय न दिया, कभी सुकून के दो पल न दिए। कभी इस खूबसूरत जिंदगी को करीब से न देखने दिया, उसी काम और नौकरी ने क्या दिया मुझे?

'सबकुछ तो मिला तुम्हें, मान-सम्मान, समृद्धि और, और भी बहुत कुछ।' एक दिन मुझे यों ही उदास बैठे देख कृतिका ने समझाया।

'और यह अपमान?' मेरी कड़वाहट समाप्त होने का नाम नहीं ले रही थी।

'यह अपमान नहीं है। अभी कुछ भी नहीं हुआ है, तुम्हें कुछ दिन की छुट्टी दी गई है बस।'

'लेकिन मुझे छुट्टी की आवश्यकता नहीं। मैं तो काम करना चाहता हूँ।'

'किसने कहा कि आपको छुट्टी की आवश्यकता नहीं। मुझे तो लगता है कि आपको छुट्टी मिली है, इसमें भी ईश्वर की ही कोई कृपा होगी।'

'तुम भी अजीब हो। भला इसमें ईश्वर की क्या कृपा हो सकती है?'

'आज तक कभी अपने और अपने परिवार के लिए समय निकाला तुमने? कभी जिंदगी जी तुमने?' कृतिका मुझे उत्साहित करना चाह रही थी।

'तो तुम्हें क्या लगता है, जिंदगी को ढोया है मैंने?'

'नहीं, ढोया तो नहीं है, लेकिन जिया भी तो नहीं है। आप मनन करो और बताओ कि आपने जिंदगी जीने के लिए कब समय निकाला है?'

बात यहीं समाप्त हो गई, लेकिन मेरी समझ में नहीं आया कि कृतिका ने ऐसा क्यों कहा? क्या कमी रह गई, जो कृतिका मेरे जिंदगी जीने के तरीके में नुक्स निकाल रही है।

कृतिका के लाख समझाने और बच्चों के बीच में रहने के बावजूद मैं अवसाद में घिरा जा रहा था और उसी अवसाद का नतीजा था कि रोशनी में मेरा दम घुटने लगता। आज इतना अँधेरा होने के बाद भी कृतिका ने न तो बालकनी की बत्ती जलाई और न ही मुझे आवाज दी। कहीं व्यस्त होगी बच्चों के साथ। मैं आराम से आँखें बंद किए यों ही आरामकुरसी पर पड़ा रहा।

सहसा ऐसा लगा, जैसे आँखों में सैकड़ों बल्ब झिलमिला उठे हों। मैंने अचकचा-कर आँखें खोल दीं। लेकिन बालकनी में तो पहले की भाँति अँधेरा पसरा हुआ था। तो फिर मुझे ऐसा क्यों लगा?

तभी बालकनी के कोने में एक साया सा नजर आया। कृतिका? वही होगी शायद, लेकिन यह ऐसे अँधेरे में एक ओर क्यों खड़ी है?

'कृतिका!' मैंने आवाज दी।

'मैं कृतिका नहीं।' छाया का फुसफुसाता स्वर उभरा।

'तो कौन हो तुम? और यहाँ कैसे आई?' मैं थोड़ा डर सा गया था।

मैं उठने को हुआ, कृतिका को आवाज देनी चाही। लेकिन दोनों में ही सफल न हुआ। मैं फेवीकोल के मजबूत जोड़ की तरह खुद कुरसी से चिपका महसूस कर रहा था। गला खुश्क हो गया था, चाहकर भी उससे कोई आवाज न निकल पा रही थी।

तो क्या मेरे विरोधी इस नीचता पर उतर आए हैं कि मुझे शारीरिक नुकसान पहुँचाने में भी उन्हें कोई परहेज नहीं। मैं डरना नहीं चाहता था, लेकिन फिर भी मन में कहीं-न-कहीं डर घुस रहा था। मैं चकित था, आखिर कौन है यह और यहाँ तक पहुँची कैसे?

मेरे मन में ये प्रश्न घुमड़ ही रहे थे कि छाया धीरे-धीरे मेरी ओर बढ़ी। यों तो बालकनी में अँधेरे का साम्राज्य था, लेकिन न जाने क्या था उस छाया में कि उसके आसपास का क्षेत्र आलोकित सा नजर आ रहा था। वह और नजदीक आई तो मैंने स्पष्ट देखा कि वह एक महिला थी, जिसका चेहरा एक अनोखी आभा से जगमगा रहा था। मैं भयवश पसीना-पसीना हो चला था। मेरा डर और परेशानी वह भाँप गई।

'घबराओ मत, मैं तुम्हें नुकसान पहुँचाने नहीं आई।'

'लेकिन तुम हो कौन? बोल क्यों नहीं रहीं?' बहुत मुश्किल से मेरे मुँह से शब्द निकले।

'मैं जिंदगी हूँ, जिंदगी!' उसने मुसकराते हुए धीरे से जवाब दिया।

'लेकिन मैं…।' मैं मूढमगज सा उसको निहार रहा था।

'यही तो परेशानी है तुम्हारी कि तुम मुझे नहीं जानते। जानते होते, पहचानते होते तो तुम्हारी यह स्थिति न होती।' और वह हौले से मुसकरा दी।

'क्या मतलब है तुम्हारा? और तुम यहाँ…' उसके चेहरे के भाव देखकर मेरा डर अब थोड़ा-थोड़ा दूर हो रहा था।

'यह मत पूछो कि मैं क्यों आई और कैसे? तुम तो बस यह पूछो

कि मैंने आने में इतनी देर क्यों कर दी?' उसके होंठों पर रहस्यात्मक मुसकान थी।

मैं परेशान हो उठा। कौन है यह और चाहती क्या है? नाम भी अजीब सा बता रही है, 'जिंदगी'। यह भी किसी का नाम होता है क्या?

'नाम क्या बताया तुमने?' मैंने एक बार फिर पूछा उसे, तो तपाक से फिर वही जवाब।

'जिंदगी'। उसने थोड़ा जोर से बोला और फिर खिलखिलाकर हँस दी।

ऐसा लगा, जैसे हजारों फूल झरे हों, और उनकी खुशबू दिग्दिगंत में व्याप गई हो। मैं मंत्रमुग्ध सा अपलक उसे ताक रहा था।

'देखा, जिंदगी का नाम सुनते ही तुम्हारे चेहरे की रंगत बदल गई है, अगर इसे ढंग से जीना सीख जाओ तो इतने परेशान और व्याकुल न रहो।'

'लेकिन मैं अपनी जिंदगी ढंग से जी रहा हूँ। बहुत मेहनत की मैंने और उसका फल भी मुझे जिंदगी में मिला।' मैं अपनी सफलता बताते हुए उत्साहित था।

'अपने इन कामों के अतिरिक्त आपकी रुचि किस-किस काम में है?'

'रुचि?'

'हाँ रुचि। अपने काम से इतर कुछ और करने का मन हो तो वही रुचि होती है, जिसे अंग्रेजी में हॉबी कहते हैं।' उसने मुझे समझाया।

मैं सोच में पड़ गया। किस काम में रुचि है मेरी? अपने काम करने के अलावा क्या अच्छा लगता है मुझे? बहुत सोचा, लेकिन कुछ याद न आया, क्या मैंने अपने आपको काम में इतना व्यस्त कर लिया है कि मुझे पता ही नहीं लग पाया कि मेरी रुचि काम से इतर और किस चीज में है?

मेरी हालत देख वह एक बार फिर खिलखिलाकर हँस दी और मैं शर्म से जैसे जमीन में गढ़ गया। कैसा आदमी हूँ मैं। शौक के नाम, रुचि के नाम पर एक भी चीज का नाम नहीं ले सकता।

'संगीत?' उसने प्रश्नवाचक दृष्टि मेरी ओर डाली। संगीत। हाँ, शास्त्रीय संगीत सुनना मुझे अच्छा लगता है। कृतिका गाती है कभी-कभी। संगीत उसका विषय था, लेकिन मैंने कभी ध्यान ही न दिया। मेरा मन हुआ मैं अभी उठूँ और या तो कृतिका के पास बैठ उसका शास्त्रीय संगीत सुनूँ या फिर गुलाम अली की कोई गजल।

वह मंद-मंद मुसकरा रही थी। मेरे मन में क्या चल रहा है, उसे गहराई से पढ़ रही थी।

'कला! प्रकृति! पहाड़! समुद्र! या फिर कुछ और? क्या इनमें से भी किसी में रुचि नहीं?' उसने फिर पूछा।

मैं शर्म से जमीन में गढ़ा जा रहा था। क्या कोई बाहर का व्यक्ति आकर समझाएगा मुझे कि क्या-क्या रुचियाँ हैं मेरी।

'आखिरी बार शहर से बाहर कब गए थे?'

'लगभग दो महीने पहले, विभागीय काम से।'

'ऑफिस के टूर की बात नहीं कर रही, परिवार के साथ घूमने कब गए थे?'

'शायद दो वर्ष हो गए होंगे। बच्चों की छुट्टियों पर।'

'कहाँ?'

कहाँ गए थे, मुझे एकदम से याद न आया। दिमाग पर जोर डालना पड़ा। साथ ही अपने ऊपर गुस्सा भी आया। क्यों दे रहा हूँ, मैं इसके हर सवाल का जवाब, क्यों नहीं इसे यहाँ से बाहर चले जाने को कहता, पर…।

'शिमला गए थे हम लोग।' मन-ही-मन क्रोधित होने के बाद भी मैं यंत्रवत् उसके सवाल का जवाब देता चला गया।

'क्या देखा वहाँ?'

'क्या देखा? क्या मतलब, पहाड़ी स्थान पर लोग क्या देखने जाते हैं? पहाड़ और अच्छी आबोहवा बस।'

'सिर्फ यही, और कुछ नहीं? ऊँचे-ऊँचे पहाड़ों की ऊँचाई नापने

की कोशिश नहीं की? क्या कभी देखा इन पहाड़ों के बीच में बहने वाले झरनों को? कभी सुना इन झरनों का संगीत? छूकर देखा, कितना निर्मल, कितना शीतल है इनका जल? ऊँचे-ऊँचे पहाड़ और उन पर उगे ऊँचे-ऊँचे पेड़। ऐसा लगता है, जैसे आसमान से प्रतियोगिता हो इनकी। घने जंगलों के बीच आती झींगुरों की आवाज, कोयल की कूक और कभी तेजी से भागता हिरणों का झुंड। क्या देखा यह सब?'

नहीं, कहाँ देखा, महसूस भी नहीं किया यह सब। पहाड़ी स्थान का ये भी सौंदर्य है। आज मैं यह नई बात सुन रहा था। मैं तो जब भी गया, जहाँ भी गया, ऑफिस के काम और फाइलों का बोझ अपने सिर पर ढोकर ले गया। शरीर तो मेरा वहाँ रहा, लेकिन मन और आत्मा ऑफिस के गलियारों में भटकती रही।

मुझे याद आई पाँच-छह वर्ष पहले की मॉरीशस की यात्रा। कृतिका और बच्चों ने मुझे समुद्र के पानी में खींचने की बहुत कोशिश की, लेकिन मैं अनमना सा अपने ही खोल में सिमटा हुआ एक ओर बैठा रहा। मैं देख तो समुद्र की ओर रहा था, लेकिन मन में तो कुछ और ही चल रहा था।

'आ जाओ, थोड़ा सा खेल लो बच्चों के साथ, यहाँ तुम्हें कोई नहीं पहचानता।' कृतिका ने आखिरी प्रयास किया। लेकिन मैं जहाँ बैठा था, वहीं बैठा रहा। यहाँ भी ऑफिस के फोन…यहाँ यह हो गया, वहाँ वो हो गया, इसको फोन करना है…। अधिकांश समय तनाव और फोन ही फोन पर निकल गया।

आज न जाने क्यों मेरा मन फिर उन्हीं स्थानों पर जाने का हो आया। मैं उन्हीं स्थानों का आनंद उठाना चाहता था, जिन्हें पूर्व में मैं अपनी नासमझी कहें या परिस्थितियों के चलते चूक गया।

'क्या सोच रहे हो?' उसने टोका तो मैं हड़बड़ाहट में तंद्रा से जागा। मैं तो भूल ही गया था कि कोई मेरे सामने भी खड़ा है।

'यही न कि कितने नादान थे तुम। जिंदगी तुम्हारे इतने करीब थी और तुम इसका आनंद न उठा पाए।'

उसने मेरे मन की बात कैसे समझ ली, मुझे आश्चर्य हुआ।

'लेकिन अभी भी कुछ नहीं बिगड़ा है। कहते हैं न, जब आँख खुले तभी सवेरा। ईश्वर ने तुम्हें मौका दिया है जिंदगी को फिर से जीने का, उसे महसूस करने का, जिंदगी से आनंदित होने का, तो क्यों नहीं फिर एक नई शुरुआत करते।'

कहकर कुछ देर वह चुप होकर मेरे चेहरे पर आते-जाते भाव देखती रही।

'लेकिन तुम मेरी मनःस्थिति जानती हो?'

'क्या? कुछ लोग पीछे पड़े हैं न, पीछे पड़ने दो उन्हें, जब गलत नहीं किया तो गलत क्या होगा?'

'लेकिन…।'

'जिंदगी बहुत अच्छी है, बस उसे जीने का तरीका आना चाहिए। छोटी-छोटी खुशियों में खुश होना सीखो। बड़ी खुशियों की प्रतीक्षा में तो बहुत समय बीत जाता है।' उसने मुझे बीच में ही टोक दिया।

वह कह रही थी और मैं सिर हिला रहा था सहमति में, लेकिन तभी मुझे याद आया कि मैं घर की बालकनी में बैठा हूँ और यह अनजान महिला तब से मुझसे बातें किए ही जा रही है। कृतिका और बच्चे भी कहीं नजर नहीं आ रहे।

'मैं तुम्हारी सारी बातों से सहमत हूँ, लेकिन अब तो बताओ कि तुम हो कौन और कहाँ से आई हो?' उससे इतनी देर के वार्त्तालाप में मैं यह तो समझ ही गया था कि यह महिला नुकसान पहुँचाने के इरादे से तो यहाँ पर नहीं आई है। लेकिन वह वास्तव में है कौन, यह जानना तो आवश्यक हो ही गया था।

'बताया तो था, मैं जिंदगी हूँ जिंदगी।' और वह खिलखिलाकर हँस दी, और धीरे-धीरे पीछे की ओर सरकने लगी।

'रुको! तुम गिर जाओगी। वहाँ से रास्ता नहीं है।' मैंने उठकर उसे रोकना चाहा। लेकिन उसने मेरी एक न सुनी और वह पीछे, और पीछे

खिसकती चली गई।

मुझे लगा कि वह बालकनी से नीचे गिर जाएगी। आगे बढ़कर मैंने उसका हाथ थाम लिया।

'रास्ता इधर से नहीं, दूसरी ओर है। यहाँ तो तुम गिर जाओगी।'

'कहाँ गिर जाऊँगी मैं? किससे बात कर रहे हो तुम?' यह तो कृतिका की आवाज थी। मैंने उसका हाथ पकड़ा हुआ था और बड़बड़ा रहा था।

'लेकिन वह कहाँ गई?' मैंने घबराकर इधर-उधर देखा।

'कौन कहाँ गई? यहाँ तो तुम अकेले ही हो। कृतिका आश्चर्य से बोली, 'आँख लग गई थी क्या तुम्हारी?'

कृतिका ने कहा तो मुझे लगा, जैसे मैं स्वप्न देख रहा था, लेकिन यह स्वप्न स्वप्न कैसे हो सकता है यह। मैंने तो उससे आमने-सामने साक्षात्कार किया है। इतनी बातें की हैं, उसने मुझसे और बिल्कुल सामने देख रहा हूँ मैं उसे, फिर इसको सपना कहना...नहीं-नहीं जरूर कोई बात है।

कृतिका लाख इसे स्वप्न कहे, लेकिन जिंदगी नाम की इस महिला ने मेरे अंतर्मन को ऐसा छू लिया मानो कोई जादू करके पागल बना गया हो।

'बाजार चलें थोड़ी देर के लिए।' अगले ही दिन शाम को मैंने कृतिका के सामने अपने मन की बात रख दी।

कृतिका ने मुझे आश्चर्य से देखा। मैं मुसकरा दिया।

'लेकिन ड्राइवर तो गया।'

'तो क्या हुआ? मुझे भी तो गाड़ी चलानी आती है।'

उत्साहित कृतिका पाँच मिनट में तैयार होकर मेरे सामने खड़ी थी।

गाड़ी तो मैंने निकाल ली, लेकिन बहुत समय से अभ्यास न होने के कारण भीड़ भरे बाजार में ले जाने की हिम्मत न कर पाया। मैंने गाड़ी शहर से बाहर जाने वाली सड़क की ओर मोड़ दी। मेरा मन हो रहा था,

कोई पुराना फिल्मी गाना सुनूँ या फिर कोई गजल, लेकिन गाड़ी स्टार्ट करते ही जो पश्चिमी कानफोड़ू संगीत मेरे कानों में पड़ा, उससे मैं अंदाजा लगा सकता था कि गाड़ी में बच्चों की रुचि का ही संगीत रखा हुआ है।

'हम कहाँ जा रहे हैं?' गाड़ी को शहर से बाहर जानेवाली सड़क पर निकलते देख कृतिका ने पूछा।

'ऐसे ही कुछ दूर तक।' अपने में ही खोए हुए मेरा जवाब। मैंने कृतिका की ओर देखा नहीं, लेकिन मुझे लगा, वह मुसकराई और गाड़ी में रखी कैसेटों में कुछ ढूँढ़ने लगी।

न जाने कहाँ से उसने पुराने-नए गजल गायकों की एक सीडी खोज ली। गुलाम अली के मुग्ध कर देने वाले स्वरों में 'दिले नादाँ' बजना आरंभ हुआ तो उन स्वर लहरियों में मैं खो सा गया।

आधे घंटे में हम शहर से काफी बाहर निकल आए थे। अँधेरा गहराने लगा था और दूर जलती हुई स्ट्रीट लाइटें जुगनुओं के समान झिलमिलाती लग रही थीं।

'हम काफी दूर आ गए हैं। इतनी दूर···' कृतिका ने याद दिलाया तो मैंने गाड़ी वहीं रोक दी। मैंने कृतिका की ओर देखा तो उसने आँखें मटकाते हुए कहा, 'क्यों, आज कोई विशेष बात हैं?'

नहीं-नहीं मेरा मन हुआ ऐसे ही, मैंने वहीं गाड़ी मोड़ दी और हम वापस लौट गए।

वापसी में कृतिका के ही कहने पर एक सड़क किनारे ढाबे पर पराँठों का आनंद लिया और बच्चों के लिए कुछ खाने-पीने की सामग्री को पैक करा लिया। घर पहुँचा तो बच्चे पढ़ रहे थे।

'देखो बच्चो! हम तुम्हारे लिए क्या लाए हैं।' इतने दिनों से चले आ रहे मेरे स्वभाव के विपरीत मैंने उत्साह से कहा तो दोनों बच्चे प्रसन्नमुख मेरे सामने आ खड़े हुए।

बच्चों ने चाव से पीजा खाया, पर वे आश्चर्यचकित थे। आज पिताजी का रूप उन्हें बदला नजर आ रहा था। बातचीत शुरू हुई तो उन्होंने सहज

ही मुझसे अपने स्कूल, अपने दोस्तों के बारे में भी कुछ बातें बताईं।

कमरे में गया तो स्वतः ही हाथ टी.वी. के रिमोट की ओर चला गया। कई वर्षों से टी.वी. पर समाचार के अलावा कुछ और देखा हो, यह मुझे याद नहीं, लेकिन आज मैं एक के बाद एक चैनल बदलने लगा किसी चैनल पर कोई पुरानी फिल्म आ रही थी, नाम तो मुझे मालूम नहीं पड़ा, लेकिन थोड़ी देर देखी तो अच्छी लगी।

किचन से निकलकर कृतिका कमरे में आई तो मुझे फिल्म देखते देखकर हैरान रह गई। मैं भी कुछ अलग सा महसूस कर रहा था।

मैं चैनल बदलने ही वाला था कि कृतिका बोल पड़ी, 'चुपके-चुपके देख रहे हो। बहुत अच्छी पिक्चर है।'

'मुझे नहीं पता कौन सी पिक्चर है। बस अच्छी लगी तो देखने लगा।'

फिल्मों के बारे में मेरा सामान्य ज्ञान बहुत ही कमजोर था। बचपन ऐसे गाँव में बीता, जहाँ फिल्मों के नाम पर कुछ होना तो रहा दूर, बिजली का बल्ब तक नहीं देखा था। कभी-कभी किसी सरकारी विभाग वाले कोई चित्रहार दिखाने के लिए प्रोजेक्टर लेकर गाँव में आते तो आसपास के सारे गाँव इकट्ठे हो जाते, लेकिन मैं कभी वहाँ भी नहीं गया। गाँव से बाहर निकला तो पढ़-लिखकर कुछ बन जाने की धुन में, मनोरंजन किसे कहते हैं, यह जान ही न पाया।

'पूरी देखो, तुम्हें अच्छी लगेगी।' कृतिका उत्साहित थी। उसका उत्साह अभी भी समाप्त न हुआ था।

मैंने देर रात तक जगकर पूरी फिल्म देखी और अपने आपको उस पूर्वग्रह से मुक्त किया कि फिल्में देखना सिर्फ और सिर्फ समय की बरबादी है।

सुबह उठा तो मन हल्का था। कृतिका उठ चुकी थी और बच्चों की स्कूल की तैयारी कर रही थी। मैं उठकर बाहर लॉन में आ गया। माली पेड़-पौधों को सींच रहा था। मेरा ध्यान स्वतः ही गमलों में लगे रंग-बिरंगे

फूलों की ओर चला गया। कितने सुंदर लग रहे थे ये फूल। वैसे तो मैं इन्हें हर रोज देखता था, किंतु आज तो इनका रूप ही निखरा हुआ है, ऐसा लग रहा था मानो मुझसे कुछ बोल रहे हों, मेरा उनके प्रति आकर्षण बढ़ता जा रहा था, अजीब सा लगाव होता जा रहा था इनसे मुझे।

'यह पाइप मुझे दो, पानी मैं डालता हूँ।' मैंने माली से कहा तो वह अचकचा सा गया।

'साहब! आप रहने दो, मैं कर दूँगा।'

'अरे दो तो सही, तुम इतने में कुछ और काम कर लो।' और मैंने पाइप उसके हाथों से छीन ही लिया।

मैं पानी डालता जा रहा था और साथ ही एक-एक पौधे, पुष्प को निहारता जा रहा था। रंग-बिरंगी पत्तियों वाले पौधे। मानो पत्तियों पर किसी कलाकर ने ब्रश का छींटा मार दिया हो, हर रंग का पुष्प जैसे अपनी कोई कहानी सुना रहा हो। विभिन्न प्रकार के हरे-भरे पौधे आँखों को ठंडक देते से महसूस हुए। रंग-बिरंगी तीन-चार तितलियाँ फूलों के आसपास मँडरा रही थीं। कितनी सुंदर होती हैं ये तितलियाँ। कितना रंग बिखरा है इनके जीवन में। मैंने सोचा और अपनी सोच पर स्वयं ही अचंभित हो उठा। क्या इससे पहले मैंने कभी रंगीन झिलमिलाती इन तितलियों के बारे में सोचा था? नहीं, कभी नहीं। किसी भी चीज को जीवंतता से तो देखने का अवसर ही नहीं मिला।

लॉन में पानी डालते हुए मैंने जैसे ही पानी को उँगली की मदद से बौछार में बदला, पानी की बौछार मुझे ही भिगो गई और साथ ही दिखा गई एक अलौकिक दृश्य। पानी की ऊँची उठती बौछार पर जब सुबह के सूर्य की नारंगी किरणें पड़ीं तो रोशनी के सातों रंग उस पानी की बौछार के बीच इंद्रधनुष सा बनाते प्रतीत हुए।

'वाह! ऽऽऽ' स्वत: ही मेरे मुँह से निकल पड़ा।

'साहब कुछ कहा आपने?' माली ने पूछा।

'नहीं कुछ नहीं।' मैं भीग चुका था। मैंने माली की ओर देखा,

संकोचवश वह कुछ कह तो न पाया, लेकिन मेरी हालत देख मुँह दबाए मुसकरा जरूर दिया। मैंने भी परवाह न की।

'तुम यहाँ हो! मैं तो तुम्हें अंदर ढूँढ़ रही थी।' इतने में कृतिका मुझे ढूँढ़ती बाहर चली आई।

'यह क्या हाल बना रखा है तुमने अपना?' और वह खिलखिलाकर हंस दी।

तभी दोनों बच्चे भी स्कूल जाने के लिए बाहर आए और कृतिका को हँसते देख वे भी मुझे देख हँसने लगे।

'मजा आ गया आज तो?'

'अरे पिताजी! रोज ऐसा किया करिए, छुट्टी के दिन हम भी आपके साथ भीगेंगे…।' कहकर वे हाथ हिलाते हुए स्कूल निकल पड़े।

कुहासा छँट रहा था। मैं अपने आपको बेहद हल्का महसूस कर रहा था। ऐसा लग रहा था, जैसे मैं आकाश में उड़ रहा हूँ।

जिंदगी बहुत खूबसूरत है, बस जरूरत है तो उसे इस नजरिए से देखने की।

'वाह जिंदगी!।' मैंने मन ही मन उस जिंदगी को धन्यवाद दिया, जो कल ही मेरे पास कुछ समय के लिए आकर मुझे जीना सिखा गई थी।

□

वापसी

बेंत के मूढ़े पर बैठी कलावती विचारमग्न थी कि तभी चिड़ियों के चहचहाने के स्वर ने तंद्रा भंग की। कुछ पल का समय लगा उसे यह जानने में कि यह चिड़ियों के चहचहाने का स्वर नहीं, बल्कि द्वार पर लगी घंटी की आवाज है।

'आनंद ने भी न जाने क्या सोचकर ऐसी घंटी लगाई है, पता ही नहीं चलता, दरवाजे पर कोई है।' दोनों घुटनों पर हाथों का दबाव बनाती कलावती उठ खड़ी हुई। जीवन भर के श्रम ने दोनों घुटनों की शक्ति ही छीन ली है। डॉक्टर कहते हैं, 'ऑपरेशन करवाओ, लेकिन इतने पैसे कहाँ से आएँगे, और अब वैसे भी जीना कितना है। पचहत्तर वर्ष की उम्र तो हो गई अब।'

कौन आया होगा इस समय? आजकल तो घंटी की आवाज भी डराने लगी है। पिछले छह माह में आकार व प्राणियों की संख्या दोनों प्रकार से छोटे इस घर में तूफान आ गया है, किन्हीं अनजान कदमों की आहट भयभीत करने लगी है।

सोलह वर्ष की थी, जब इस घर में आई, तब से जीवन के कई उतार-चढ़ाव देखे, बहुत सी परेशानियाँ सहीं, लेकिन मन इतना भयभीत कभी न हुआ। असमय पति और पुत्र दोनों के जीवन अवसान का दंश झेला, दिन-रात परिश्रम कर इकलौते पुत्र को बड़ा किया, लेकिन पिता की किस्मत लेकर पैदा हुआ पुत्र भी लंबा जीवन न जी पाया। कभी-

कभी उसे लगता, सास-बहू की किस्मत विधाता ने एक ही कलम से लिखी है।

कलावती से छह वर्ष बड़ा उसका पति एक आढ़ती के यहाँ मजदूरी करता, लेकिन विवाह के कुछ समय बाद ही उसे पता चल गया कि उसका पति गंभीर बीमारी से पीड़ित है। यह बात छिपाई गई थी, लेकिन अब क्या हो सकता था। यह आज का समय तो है नहीं कि छोटी-छोटी बातों पर रिश्ते टूट जाएँ।

दो वर्ष बाद उसने पुत्र को जन्म दिया और उसके दो वर्ष पश्चात् पति स्वर्ग सिधारे। पति की बीमारी के एवज में सास-ससुर ने नदी किनारे की झोंपड़पट्टी का मकान उसके हवाले किया और स्वयं दूसरे पुत्र के साथ, जो सरकारी नौकरी पर था, रहने चले गए।

कलावती ने कमर कसी और कई घरों में झाड़ू-पोंछा कर अपना व बच्चे का पेट भरा। अलस्सुबह ही बेटे को गोद में उठा वह चल देती घरों में कार्य करने। कई मालकिनें बच्चे को साथ लाने पर एतराज करतीं तो कई दयाभाव भी दिखातीं। कई घरों में मालकिन से अधिक दयाभाव मालिक दिखाते, लेकिन उनके दयाभाव के पीछे छिपी निगाहों की भाषा कलावती को खूब समझ में आती थी।

बड़े होते बेटे का मुँह देख सारी विपदाओं को भूलना उसने सीख लिया था। सुना था, सरकार उसके जैसे लोगों को नौकरी देने में मदद करती है, लेकिन नौकरी भी तो तभी मिले, जब पढ़ाई की जा सके। काश, सरकार उसके बच्चे को पढ़ाने में मदद करती, पढ़ता तो नौकरी मिल ही जाती। अब माँ घरों में चौका-बरतन करती तो बेटा एक कार्यालय में साफ-सफाई, समय आने पर उसका विवाह हुआ। बहू घर आई, एक वर्ष पश्चात् पोता भी आया। गुणवंती बहू ने सास का कार्य अपने हाथों में लिया और उन्हें दूसरी पीढ़ी का सुख भोगने घर पर रहने को कहा।

परंतु निष्काम कर्म करनेवालों को कभी भाग्य का लिखा समझ नहीं आता। जब अपने होशो-हवास में किसी का बुरा नहीं किया, परिश्रम से

परिवार को पालने का प्रयास किया, फिर किस बात की सजा मिल रही है? क्या पूर्व जन्म सचमुच में होता है या विधाता किसी के भाग्य को इस तरह से लिख देता है। जब पोता आनंद तीन वर्ष का था तो बेटा एक दिन शाम को घर न लौटा। अगले दिन सड़क पर किसी अज्ञात वाहन से कुचला उसका शव मिला, न जाने किस लापरवाह चालक ने कलावती का सहारा छीन लिया, उसकी पत्नी की माँग सूनी कर दी और नन्हे आनंद के सिर से बाप का साया छीन लिया था।

बरसोबरस न जाने कितने लोग कीड़े-मकोड़ों की तरह जन्म लेते हैं, उन्हीं की भाँति जीते हैं और फिर एक दिन गुमनाम सी मौत मर जाते हैं या मारे जाते हैं। उनके मारे जाने पर कोई प्रतिक्रिया नहीं होती, न अपराधी की तलाश होती है, न किसी को सजा मिलती है। बस वर्षों से बातें हो रही हैं, जो अभी भी तैर रही हैं हवाओं में।

कलावती और बहू ने फिर एक साथ काम करना आरंभ किया। बहू को एक बड़े घर में काम मिला, जिन्हें दिन भर के लिए कामवाली की आवश्यकता थी। गृहस्वामी उदार थे, पैसा भी ठीक देते और व्रत, त्योहार के मौके पर बख्शीश भी। जीवन की गाड़ी चल निकली।

दोनों घुटनों पर किसी तरह शरीर का बोझ डालती कलावती द्वार तक पहुँची, चिटकनी खोली, सामने जिसे देखा, उसे देख एक बार भयभीत हो उठी। द्वार पर अनुभा खड़ी थी। अनुभा यानी आनंद की पत्नी, जिससे लगभग दो वर्ष पूर्व ही आनंद का ब्याह हुआ था।

कलावती ने गरदन बाहर निकालकर देखा, अकेली ही है या किसी और को साथ लेकर आई है, पुलिस, वकील या कोई समाज का तथाकथित ठेकेदार। न, कोई नहीं था साथ में, तो आज अब क्या बवाल करने आई है ये लड़की।

उसे याद आया, दो वर्ष पूर्व कितनी आतुर थी, यह आनंद से ब्याह करने के लिए, सबकुछ जान-समझकर, देखभाल कर ही विवाह किया था उसने।

'मेरा घर देख लिया है तुमने, माँ घरों में काम करती है, मेरी नौकरी भी कुछ खास नहीं। मैं बारहवीं पास हूँ, तुम ग्रेजुएट। तुम्हारे घर के और हमारे रहन-सहन में अंतर है, तुम कैसे निर्वाह कर पाओगी इस घर में?' आनंद को अनुभा को समझाते स्वयं सुना था कलावती ने।

'तुम अच्छे इनसान हो, प्रगतिशील हो और होशियार भी। मुझे विश्वास है, तरक्की करोगे, और फिर सबसे अहम बात यह कि हम दोनों एक-दूसरे को पसंद करते हैं, हर परिस्थिति में निभा लेंगे।' अनुभा का तर्क था।

सीधी-सादी कलावती और उसकी बहू समझ नहीं पा रही थीं, क्या जवाब दें। अनुभा के माता-पिता भी इस विवाह के पक्ष में न थे, क्योंकि आनंद अधिक पढ़ा-लिखा न था, नौकरी भी स्थायी न थी। दोनों परिवारों का सामाजिक स्तर भी बेमेल था, लेकिन दो भाइयों की इकलौती बहन अनुभा की जिद के आगे किसी की न चली।

आरंभ के कुछ माह पलक झपकते ही बीत गए, लेकिन इतना तो घर में सबको समझ में आ गया था कि बेखौफ, जिद्दी स्वभाव की अनुभा किसी के दबाव में आने वाली न थी। आनंद से अपने प्यार को उसने कभी छुपाने का प्रयास न किया। प्यार का यह उच्छृंखल प्रदर्शन सीमा लाँघने लगता तो दोनों सासें इधर-उधर मुँह फेर घर के काम में व्यस्त रहने का उपक्रम करतीं।

'सबके सामने ऐसा मत किया करो।' दादी और माँ का सम्मान करनेवाले आनंद ने समझाया।

'तो कहाँ प्यार करूँ, यहाँ तो एक ही कमरा है।' और उसने आनंद के गले में बाँहें डाल दीं।

'यह एक कमरा तुमने पहले भी देखा था, कुछ छिपा नहीं था तुमसे।' और उसने उसकी बाँहें झटक दीं, दूर कहीं बिजली चमकी और आकाश पर एक लंबी रेखा खिंच गई।

'बेटा, एक कमरा छत पर बनवा ले, छत की जगह चद्दर डलवा

देंगे। कम में ही बन जाएगा।' माँ ने न जाने क्या सोच एक दिन सुझाव दिया, आनंद की निगाहें लज्जावश नत हो गईं।

'लेकिन इतना पैसा भी आएगा कहाँ से?'

'कुछ मैंने बचाया है और थोड़ी मदद साहब कर देंगे। थोड़ा-थोड़ा करके चुका दूँगी।'

अनुभा ने विजयी मुसकान से आनंद की ओर देखा। आखिर उसके कारण ही इस घर में एक नया कमरा बन रहा था। उस मुसकान में न जाने ऐसा क्या था कि आनंद अंदर तक दहल गया।

एक शाम आनंद घर लौटा तो दादी ने उससे बात करनी चाही। अनुभा उस दिन अपने मायके गई थी।

'क्या बात है, दादी?'

'बेटा, तेरे जाने के बाद बहू भी अकसर घर से बाहर निकल जाती है, तुझे पता है?'

'हाँ दादी, वह अपने लिए नौकरी की तलाश में भी है और घर पर रहकर बोर हो जाती है, इसलिए कभी अपने मायके और कभी अपनी सहेलियों से मिलने जाती है।'

'लेकिन उसके कपड़े अच्छे नहीं होते। उसके इन छोटे-छोटे कपड़ों का पूरे मोहल्ले में मजाक बनता है।' दादी ने निगाहें झुका लीं।

'मैं समझाऊँगा उसे।' आनंद ने कह तो दिया, लेकिन सोच में पड़ गया।

ऐसे कौन से छोटे कपड़े पहनकर जाती है अनुभा। उसने तो अनुभा के पास सूट और साड़ी के अलावा कोई ड्रेस देखी ही नहीं।

संयोगवश दो-तीन दिन पश्चात् ही उसे इसका प्रमाण भी मिल गया। तबीयत कुछ ठीक नहीं थी तो आनंद दिन में ही घर लौट आया। सुबह की निकली अनुभा लगभग चार बजे वापस लौटी तो आनंद उसका रूप देख दंग रह गया। छोटी सी स्कर्ट और हाई हील पहने अनुभा आधुनिकता का अवतार लग रही थी। निम्नवर्गीय इस मोहल्ले में चर्चा

होना स्वाभाविक ही था।

'इसमें हर्ज क्या है? सब ऐसा ही पहनती हैं आजकल।' उसका निडर जवाब था।

'पहनती होंगी, लेकिन हमारे समाज में नहीं चलता ऐसा।'

'ऊँह, तुम और तुम्हारा समाज। मैं नहीं जानती इसे, मुझे तो यही पहनना पसंद है।'

'लेकिन दादी और माँ...।'

'उन्हें तुम समझाओ।'

फूस के ढेर पर चिनगारी पड़ चुकी थी, जो कभी भी भयानक अग्नि का रूप ले सकती थी। अनुभा के इन तौर-तरीकों पर एतराज की उँगलियाँ उठने लगीं। अत्याधुनिक कपड़ों से सज्जित अनुभा आनंद के जाने के बाद घर से बाहर निकलती और उसके आने से पहले घर पहुँच जाती।

घर में बहस बढ़ती गई और इस बहस का अंत एक दिन अनुभा के गाल पर आनंद द्वारा मारे गए झन्नाटेदार तमाचे के साथ हुआ। अनुभा तब पाँच माह की गर्भवती थी।

अगले ही दिन दहेज के इल्जाम के साथ पुलिस घर के द्वार पर थी, जो आनंद और उसकी माँ दोनों को गिरफ्तार करके ले गई। अनुभा ने न जाने क्यों बूढ़ी दादी को इस इल्जाम से बाहर रखा था।

कलावती ने, जिस घर में बहू काम करती थी, उनके सामने हाथ जोड़ दिए।

'मेरी बहू और पोता निर्दोष है, साहब।'

'जब जानते थे कि लड़की की हैसियत आपसे अच्छी है, वह ज्यादा पढ़ी-लिखी है तो विवाह क्यों किया?' सारी बात सुनने के बाद साहब का सवाल था।

'उसी की जिद थी साहब, आनंद और वह एक-दूसरे को पसंद करते थे, सबकुछ जानते हुए ही विवाह हुआ था।'

साहब के प्रयास से दोनों की जमानत तो हो गई, लेकिन कोर्ट-

कचहरी के चक्कर आरंभ हो गए। उनकी जमानत के विरोध में कुछ सामाजिक कार्यकर्ता कहलाने वाली महिलाएँ घर के बाहर प्रदर्शन कर गईं।

'महिलाओं पर अत्याचार करनेवाले ऐसे भेड़ियों को तो जेल के अंदर होना चाहिए।' एक महिला नेत्री का कथन था।

अनुभा अब अपने घर पर थी। स्वतंत्र, बिना किसी रोक-टोक के। दो बड़े भाइयों की लाड़ली बहन, माता-पिता की जिद्दी बेटी।

लेकिन फिर भी घर में दो लोगों को उसका वापस लौटना पसंद न आया। एक थी माँ और दूसरी भाभी। दोनों की नापसंदगी के कारण जुदा। एक बेटी का घर नहीं उजड़ने देना चाहती थी, तो दूसरी को इस जिद्दी और नकचढ़ी लड़की का उसके जीवन में हस्तक्षेप पसंद न था।

'मुझे तो पहले ही रिश्ता पसंद न था, अपने आप ही छोड़कर आ गई, ठीक हुआ।' पिता को माँ से यह कहते सुना अनुभा ने।

'वह पेट से है, और फिर छोटी-छोटी बातें किस घर में नहीं होतीं।'

'तो छुटकारा दिलवा दो बच्चे से भी। उसकी कहीं और शादी कर दूँगा मैं।'

'कैसी बातें कर रहे हैं आप, अपनी बेटी की गलती जाने बिना···। पहले जिद में उसका ब्याह करवाया और अब उसी की जिद पर तोड़ने की बात कर रहे हो।'

'उसने मेरी बेटी पर हाथ उठाया।' पिता समझने को तैयार न थे।

'लेकिन यह भी तो देखो, किन परिस्थितियों में ऐसा हुआ, कोई भी गैरतमंद पति ऐसा ही करता।' माँ भी हार मानने को तैयार न थी।

घर इतना बड़ा तो था नहीं कि यह वार्त्तालाप किसी और के कान में न पड़ता। बाहर बैठी अनुभा की निगाहें अपनी भाभी से मिलीं, जो अर्थपूर्ण निगाहों से उसकी ओर देख रही थी।

आरंभ के हंगामे के बाद धीरे-धीरे इस घटना को सभी भूलते गए। केस कछुआ गति से न्यायालय में चल निकला, सामाजिक संगठन और

पुलिस अपने अन्य कार्यों में मशगूल हुए, लेकिन अगर कोई इस बात को न भूला था तो वह था आनंद और अनुभा का परिवार।

चार माह बीते, अनुभा ने एक कन्या को जन्म दिया। आनंद और उसकी माँ-दादी की इच्छा हुई उसे देखने की, आखिर वर्षों बाद इस खानदान में किसी कन्या ने जन्म लिया था, लेकिन आनंद ने मना कर दिया।

'इतने आरोपों से मन नहीं भरा क्या? याद नहीं पिछली बार अदालत में क्या कहा था उसने?'

'कमरा बनाने का पैसा चाहिए था इन्हें, मुझे कहा अपने बाप से लेकर आ, मैंने मना किया तो मेरी सास और पति ने मारपीट की मेरे साथ।' निर्लज्जता से कहे गए ये वाक्य कानों में पिघले शीशे की भाँति पड़े थे और मनोमस्तिष्क में आज भी जीवित हैं।

'क्या कमी की थी उसके लिए, जैसा चाहा वैसा किया, विवाह से पूर्व समझा भी दिया था। थोड़ा सा ढंग से रहने को ही तो कहा था, जैसा वह कर रही थी, वैसा हमारे समाज में नहीं चलता। उसके माता-पिता भी होते तो समझाते, लेकिन कानून भी तो ऐसा है। लड़की ने शिकायत कर दी तो बाकी किसी की सुनवाई नहीं। अनुभा जैसी लड़कियाँ ही फायदा उठाती हैं इस काननू का। साहब नहीं होते तो जेल में सड़ रहे होते हम दोनों भी बिना किसी कसूर के।' आनंद ने अपनी सारी भड़ास निकाल दी और तेजी से कमरे से बाहर निकल गया।

उधर मन में ढेर सारी कड़वाहट होते हुए भी अनुभा की निगाहें अस्पताल के वार्ड के द्वार की ओर चली जातीं। अधिकांश नवजात बच्चों के पिता साथ थे, जो पहली बार माता-पिता बने थे, उनका उत्साह ही कुछ और था।

'आनंद भी यहाँ होता तो?' मन में उठे इस प्रश्न को अनुभा ने सख्ती से कुचल दिया।

'बच्चे के पिता कहाँ हैं!' नर्स ने पूछा।

'वो बाहर नौकरी करता है।' अनुभा कुछ कहती उससे पहले माँ बोल पड़ी।

'पहले बच्चे का जन्म है, इसका पिता भी साथ रहता तो सबको अच्छा लगता।' नर्स अपनी ही रौ में बोलती चली गई।

'आपके पति नज़र नहीं आते मैं कुछ मदद करूँ आपकी।' तीसरे ही दिन एक वार्ड ब्वॉय ने कहा तो अनुभा का खून खौल उठा, उसकी निगाहों की भाषा भाँप वह अंदर तक सिहर गई।

घर आकर भी अनुभा को लगा कि धीरे-धीरे उसकी ओर घरवालों का ध्यान कम होता जा रहा है। भाभी के कटाक्षों का उसे नित्यप्रति सामना करना पड़ता। यद्यपि यह उसके मन का वहम भी हो सकता था, लेकिन उसे लगता, नन्ही बच्ची का दूध भी उस पर एहसान करके दिया जा रहा है।

बच्ची तीन-चार महीने की हुई तो एक दिन अनुभा अपनी सहेली के घर चली गई। सहेली चाय बनाने गई तो उसका भाई आकर बैठ गया।

'पति को तो छोड़ आई हो, वैसे ठीक ही किया, ऐसे पति को सबक सिखाना ही चाहिए, लेकिन अब इस बच्ची को कैसे पालोगी?'

अनुभा से जवाब देते न बना, चुपचाप सिर नीचा किए अपने पैरों की ओर देखती रही।

'नौकरी की आवश्यकता हो तो मुझे बताना, मैं मदद कर दूँगा।' और उसने आगे बढ़ अपना हाथ उसके कंधे पर रख दिया।

स्पर्श स्नेहयुक्त था या किसी और भावना से प्रेरित, इसे परखने में औरत की छठी इंद्री कभी मात नहीं खाती, सो अनुभा ने भी उस स्पर्श की भावना समझी। कुछ कटु कहती, तभी उसकी सहेली चाय लेकर आ गई।

अनुभा उदास थी परेशान थी, क्या आनंद और उसके परिवार ने उस पर बहुत अत्याचार किए थे? आनंद ने उस पर हाथ उठाया, यह गलत था, लेकिन क्या उसका स्वयं का व्यवहार सही था? क्या उम्मीद की थी

आनंद और उसके परिवार ने उससे, बस यही न कि वह समाज में उनका सम्मान बनाए रखे। क्या यह इतना बड़ा कारण था संबंधों को तोड़ने के लिए?

उसे याद आया, कैसे उसकी दादी सास व सास उसकी मनुहार करतीं, कैसे उसकी परेशानी भाँप उन्होंने कर्ज करके ही सही, लेकिन उसके लिए अलग कमरा बनवाया, यदि वह भी अपनी छोटी सी इच्छा का त्याग कर समर्पण का भाव रखती तब भी उसके साथ यही व्यवहार होता? आज अपने ही माता-पिता के घर में वह और उसकी बच्ची दोयम दरजे के नागरिक का जीवन बिता रहे हैं, ऐसे में उसकी बच्ची का भविष्य क्या होगा? प्रश्न कई थे, लेकिन जवाब सिर्फ एक। उसे अपने घर लौट जाना चाहिए।

लेकिन कैसे? किस मुँह से बात करे और किससे बात करे। इसी ऊहापोह में कुछ समय और कट गया।

'तू बहुत उदास रहने लगी है आजकल!' माँ ने पूछा तो मानो गरम लोहे पर चोट पड़ी हो। अनुभा टूट गई, माँ की गोद में सिर छिपा फफक पड़ी।

'ज्यादा परेशानी थी ससुराल में?' माँ ने सिर पर हाथ फिराते हुए पूछा।

'न' में सिर हिला।

'तो फिर क्यों छोड़ आई?'

कोई जवाब नहीं सिर्फ सिसकियों के स्वर फिजा में तैरते रहे।

माँ समझ गई, यही उचित समय है, और बिना किसी को बीच में लिये दोनों माँओं की आपसी बातचीत का यह परिणाम सामने था। न दादी को इसकी जानकारी थी, न आनंद को और न ही अनुभा के परिवारवालों को।

कलावती असमंजस में थी कि तभी गोद में छोटी सी बच्ची को लिये बहू द्वार पर आ खड़ी हुई। एक लक्ष्मी का पुनरागमन हुआ है तो

दूसरी पहली बार घर आई है, आनंद भी आता होगा मिठाई लेकर।' और दोनों सास–बहू खिलखिला उठीं।

'वह क्या कहते हैं उसे···सरप्राइज? हाँ वही, हमने सोचा, वही दे दें सबको।'

और कलावती के घुटनों का दर्द तो न जाने कहाँ काफूर हो गया था।

□

साक्षात्कार

चौराहे पर भारी भीड़ जमा हो गई थी। एक वृद्धा सड़क पर पड़ी तड़प रही थी। उसके बगल में एक युवक भी पड़ा था। भीड़ में शामिल लोगों ने किसी तरह दोनों को उठाया। ठीक सामने ही मोटर साइकिल पर एक युवक अकड़कर बैठा हुआ था।

'भाई, तुम पहले इन दोनों को हॉस्पिटल पहुँचाओ।' भीड़ में से किसी ने मोटर साइकिल पर बैठे युवक से कहा।

'मैं क्यों पहुँचाऊँ? मेरी गलती तो नहीं थी। यह खुद ही अचानक मेरे सामने आ गया था।' मोटर साइकिल वाला युवक बोला।

'चाहे तुम्हारी गलती नहीं थी, फिर भी टक्कर तो तुमसे ही हुई है न।' भीड़ से निकलकर पीछे खड़ी लंबी गाड़ीवाला सज्जन बोला।

'उसकी गलती से हुई है मेरी नहीं, तुम्हें ज्यादा दर्द हो रहा है तो खुद पहुँचा दो इन्हें हॉस्पिटल।' युवक पुन: अकड़कर बोला और मोटर साइकिल स्टार्ट कर भीड़ को चीरता हुआ निकल गया। कोई कुछ न बोला। भीड़ में शामिल उन्हीं सज्जन ने दोनों को अपनी कार में बैठाया और हॉस्पिटल की ओर चल दिए।

मनोहर ने अब मोटर साइकिल की गति और भी बढ़ा दी थी।

न जाने किसका मुँह देखा होगा आज सुबह-सुबह, अच्छा-खासा मूड खराब हो गया।

उसने घड़ी पर नजर डाली, दस बजकर दस मिनट हो गए थे, इंटरव्यू

के लिए ऑफिस पहुँचने हेतु उसे देर हो गई थी।

मनोहर आज अत्यंत उत्साह और उमंग से भरा हुआ था। आज उसे पूरा विश्वास था कि इस बार साक्षात्कार में अवश्य सफलता मिल ही जाएगी।

घर से ठीक समय वह मोटर साइकिल से निकल गया था। पूरे आत्मविश्वास के साथ विचारों में भविष्य के रंगीन सपने बुनता हुआ वह शहर की भीड़-भाड़ भरी सड़कों पर आगे बढ़ा जा रहा था।

देहरादून आए उसे सात माह से अधिक का समय हो गया था। चाचा के घर पर रहते हुए उसने इस दौरान कई प्रतियोगी परीक्षाएँ दीं, कई साक्षात्कार दिए, लेकिन कहीं भी सफलता नहीं मिल पाई थी।

मनोहर एक तेज-तर्रार, दबंग और अहमी युवक था, यों तो उसे नौकरी करने की जरूरत ही नहीं थी। गाँव में कई बीघा जमीन, लंबी-चौड़ी खेती-बाड़ी और सारी सुविधाएँ मौजूद थीं। पिताजी प्रधान थे। वह उनका अकेला वारिस था। पिता ने उसे किसी भी प्रकार की कमी नहीं होने दी। उसकी जो भी इच्छा होती, वह मिनटों में पूरी कर दी जाती। गाँव से इंटरमीडिएट की परीक्षा उत्तीर्ण करने के बाद मनोहर का मन गाँव में नहीं लगा। वह तो देहाती जिंदगी से इतर शहर की रंगीन चकाचौंध और भागदौड़ की जिंदगी का सपना सँजोए था। सो पिता की राय लेकर वह एक दोस्त के साथ दिल्ली चला गया। छह महीने दिल्ली रहने के पश्चात् उसे असली दुनियादारी समझ में आ गई। वहाँ कई जगह नौकरी की तलाश की, किंतु छोटी-मोटी नौकरी उसे रास आई नहीं और अच्छी नौकरी उसे मिली नहीं।

छह महीने में ही उसे अहसास हो गया कि केवल इंटरमीडिएट परीक्षा उत्तीर्ण होने के बलबूते उसे अच्छी नौकरी नहीं मिल सकती। सो वह घर लौट आया। कुछ दिन घर में रहकर उसने पुनः पिता से देहरादून जाने की बात कही। पिता ने तुरंत अपने छोटे भाई को फोन लगाया और उसकी नौकरी की बात की।

मनोहर के चाचा विधानसभा में किसी मंत्रीजी के स्टाफ में कार्यरत थे। भाई की बात सुनकर वे तुरंत बोले, "आप मनोहर को देहरादून भेज दो, बाकी देख लेंगे।"

दूसरे ही दिन मनोहर चाचा के पास देहरादून पहुँच गया। इस दौरान उसने कई परीक्षाएँ दीं, कई साक्षात्कार दिए, किंतु हर जगह निराशा ही हाथ लगी। इस बार उसका एक और साक्षात्कार दवाई बनाने वाली एक बड़ी कंपनी में होना था।

चाचा भी इस मौके को चूकना नहीं चाहते थे। मनोहर को लेकर वे मंत्रीजी के पास जा पहुँचे और हाथ जोड़कर बोले, 'साहब, मेरा सगा भतीजा है। गाँव से यहाँ मेरे पास आया है नौकरी के चक्कर में। आपकी मेहरबानी होगी तो इसकी जिंदगी बन जाएगी।'

उनकी पूरी बात सुनकर मंत्रीजी बोले, 'ठीक है, मेरी बात करा दो उनके एम.डी. से, इसे वहाँ भेज दो।'

मनोहर को पूरी उम्मीद हो गई थी कि अबकी बार मंत्रीजी की सिफारिश से यह नौकरी उसे जरूर मिल जाएगी। सफलता का पूरा आत्मविश्वास लिये वह चचेरे भाई की मोटर साइकिल लेकर साक्षात्कार देने के लिए निकल पड़ा।

जितनी तेज गति से मोटर साइकिल चल रही थी। उससे कई गुना तेज मन में विचार चल रहे थे। शीघ्र ही वह माँ-पिताजी को अपनी नौकरी लग जाने की सूचना देगा। पहले वह किराए पर अच्छा सा कमरा ले लेगा, फिर धीरे-धीरे यहीं मकान भी बना लेगा। पैसे की तो कोई कमी है नहीं, नौकरी तो सिर्फ एक बहाना है।

विचारों के इस महासागर में डूबते-उतराते मनोहर को पता नहीं चला कि वह कब चौराहे पर आ पहुँचा। अचानक अपने सामने खड़े वाहनों की कतार पर जब उसकी नजर पड़ी तो उसने तेजी से ब्रेक लगा दिया। तेज गति से दौड़ती हुई मोटर साइकिल अचानक रुकी तो पीछे से आ रहा कोई वाहन उससे टकरा गया। उसने पीछे पलटकर देखा तो एक

लंबी सी गाड़ी थी, जो ब्रेक लगाते-लगाते उसकी मोटर साइकिल के पीछे से टकरा गई थी। काला चश्मा लगाए और टाई पहने एक उम्रदराज व्यक्ति ड्राइविंग सीट पर बैठा था। मनोहर का मानो पारा गरम हो गया।

'गाड़ी चलानी नहीं आती क्या?'

'गाड़ी चलानी तो आती है। आपने एकाएक ब्रेक मार दिए तो मैं भी क्या करता?' ड्राइविंग सीट पर बैठे सज्जन ने शालीनता से कहा।

'इतनी लंबी गाड़ी रखी है, ब्रेक नहीं है इसमें, जो पीछे से टकरा रहे हो?' अब तो मनोहर और उत्तेजित हो गया। मोटर साइकिल का साइड स्टैंड लगाकर सड़क पर खड़ी कर अब वह कार के सामने ही आ खड़ा हुआ था।

'शुक्र है कि तुमको चोट नहीं आई, तुम्हारी गाड़ी का भी कोई ज्यादा नुकसान नहीं हुआ।' वे सज्जन फिर भी शालीन थे।

इतने में लालबत्ती बंद होकर हरी बत्ती जल उठी।

'बड़े रईस समझते हैं अपने आपको, न जाने इन्हें लाइसेंस भी कैसे मिल जाता है।' बड़बड़ाता हुआ मनोहर मोटर साइकिल पर आ बैठा। एक झटके से उसने मोटर साइकिल आगे बढ़ा दी, लेकिन यह क्या? तभी सड़क को पार करता साइकिल पर पीछे से एक वृद्धा को बिठाए हुए एक युवक सामने आ गया। मोटर साइकिल पूरी गति के साथ 'धड़' से साइकिल से टकराई। वृद्धा दूर छिटककर गिरी और युवक साइकिल सहित पलटी खाते हुए दूसरी ओर गिर गया।

भीड़ जमा हो गई थी। मनोहर को लगा कि यदि वह इस समय नरम रहा तो फिर लोग उसे पीट डालेंगे। सो वह अकड़कर बोला, 'बदतमीज अंधा है क्या, तुझे लालबत्ती नहीं दिखती?'

''अरे, एक तो टक्कर मार दी बेचारे को, ऊपर से उसे डपट भी रहे हो।'' भीड़ में से कोई व्यक्ति बोला।

'मेरी कोई गलती नहीं है, ये खुद आ गया था अचानक मेरे सामने।' मनोहर अकड़कर बोला।

'ठीक है, गलती तुम्हारी नहीं, फिर भी टक्कर तो तुम से ही हुई है न। अरे, मानवता के नाते तो ले जाओ इन्हें हॉस्पिटल।'

काले चश्मे और टाई वाले व्यक्ति ने कहा, जो अपनी लंबी कार को वहीं खड़ी करके भीड़ में आ पहुँचा था। मनोहर कहाँ मानने वाला था। 'तुम्हें ज्यादा सहानुभूति है तो तुम क्यों नहीं ले जाते।'

और फिर भीड़ को चीरता हुआ वह निकल गया था।

वह कंपनी के गेट पर पहुँचा तो साढ़े दस बज चुके थे। मोटर साइकिल खड़ी कर वह आनन-फानन में साक्षात्कार वाले कक्ष के बाहर पहुँचा। वहाँ पहले से ही पंद्रह-सोलह उम्मीदवार खड़े थे। शुक्र है अभी तक साक्षात्कार शुरू नहीं हो पाया था। पता चला कि एम.डी. साहब को विलंब हो गया है। मनोहर ने राहत की साँस ली। अपने कपड़े व्यवस्थित किए और बालों पर कंघी करने लगा। वह अब अपने आपको सब अभ्यार्थियों के सामने कुछ अधिक प्रभावशाली महसूस कर रहा था। आखिर मंत्रीजी का कैंडिडेट था वह।

साक्षात्कार शुरू हुआ। दो-तीन अभ्यर्थियों के पश्चात् मनोहर का नाम पुकारा गया। वह अदब और आत्मविश्वास के साथ कक्ष में दाखिल हुआ। सामने लंबी सी मेज के सामने तीन व्यक्ति बैठे हुए थे। इनमें दो का चेहरा सामने था, किंतु बीच में घूमने वाली कुरसी पर बैठे व्यक्ति का चेहरा पीछे की ओर था।

'बैठिए।' उनमें से एक व्यक्ति बोला।

'जी धन्यवाद।' मनोहर अदब के साथ बैठ गया। उन दोनों व्यक्तियों ने एक-एक कर शैक्षिक योग्यता, अनुभव और घर परिवार जैसे विषयों पर मनोहर से सवाल किए, जिनका उत्तर मनोहर ने बड़े संयम और शालीनता के साथ दिया।

'अच्छा अब आपसे आखिरी प्रश्न एम.डी. साहब करेंगे,' उनमें से एक व्यक्ति ने विपरीत दिशा में बैठे व्यक्ति की ओर इशारा किया।

'मनोहरजी! मान लो कि तुम्हें किसी जरूरी काम से बहुत जल्दी

कहीं जाना है।' प्रश्न को थोड़ा सा विराम देकर बीच वाले व्यक्ति ने पूछा, ''और अगर रास्ते में तुम्हें कोई बीमार या लाचार व्यक्ति सड़क पर तड़पता हुआ मिले तो तुम क्या करोगे?''

प्रश्न सुनकर मनोहर बिना विलंब किए तुरंत बोला, 'सर, मैं तो सबसे पहले उस व्यक्ति की मदद करूँगा, चाहे मेरा काम कितना भी जरूरी हो, उसे तवज्जो नहीं दूँगा।'

'करना तो तुम्हें यही चाहिए था, लेकिन तुम ऐसा करते नहीं हो।' एम.डी. साहब बोले। मनोहर कुछ समझ पाता इससे पहले ही वह कुरसी पर घूमते हुए सामने की ओर पलट गए।

मनोहर को जैसे साँप सूँघ गया हो, सामने एम.डी. के रूप में वही लंबी गाँड़ी वाले सज्जन को देखकर उसका कलेजा मुँह में आ गया।

'मुझे अपनी कंपनी में ऐसे व्यक्तियों की जरूरत नहीं है, जिनके अंदर दयाभाव और मानवीय संवेदनाएँ न हों, महज ऊँची सिफारिश के बलबूते वे सफल नहीं हो सकते जो अपनी गलती होने के बावजूद दूसरों को डपटकर रोब दिखाते हैं, वे किसी भी संस्थान की प्रगति में भागीदार नहीं बन सकते।'

मनोहर को काटो तो खून नहीं। 'सॉरी सर' बोलना चाहा, पर जुबान ने भी साथ नहीं दिया।

'जाइए पहले दयाभाव, आदर, शालीनता और संयम सीखकर आइए।' एम.डी. ने फिर कहा, 'जिस दिन ये गुण अपने आप में विकसित कर लो, उस दिन तुम्हें किसी भी सिफारिश की आवश्यकता नहीं पड़ेगी।'

मनोहर चुपचाप नजरें झुकाकर कक्ष से बाहर निकल आया, वह आज फिर एक और साक्षात्कार में फेल हो गया था।

□

रद्दीवाला

'डिंग-डाँग', द्वार पर लगी घंटी बजी तो मेरा ध्यान स्वतः ही दीवार की ओर चला गया, लेकिन दीवार खाली थी। अभी दो दिन पहले ही तो यह मकान अलॉट हुआ है मुझे, घड़ी तो लगाई ही नहीं अभी, सामान भी पूरा नहीं खुला है।

"पापा आपको कोई बुला रहा है", बाहर से बेटे की आवाज आई।

कौन होगा इस समय? सुबह के आठ बज रहे थे। मैं अखबार हाथ में ले बाहर निकल आया।

द्वार पर एक कृशकाय व्यक्ति खड़ा था। दुबले-पतले से उसके चेहरे पर धँसी हुई बड़ी-बड़ी आँखें, बढ़ी हुई खिचड़ी दाढ़ी, साधारण वेश-भूषा और पैरों में रबड़ की चप्पल। कुल मिलाकर साधारण सा व्यक्तित्व और रहन-सहन। हो सकता है, ऑफिस से किसी काम के लिए आया हो।

"साहब नमस्ते! साहब, मैं इस मोहल्ले का रद्दीवाला हूँ। आपके घर में रद्दी हो तो···।" मुझे देखते ही सीधे-सपाट शब्दों में उसने अपनी बात कही।

मुझे गुस्सा आ गया, दो दिन इस घर में आए हुए हैं, और इसे रद्दी ढूँढ़नी है। अभी तो अखबार आना भी आज से ही शुरू हुआ है, और ऊपर से कहता है मोहल्ले का रद्दीवाला है।

"अभी कहाँ से रद्दी आएगी, कल ही तो आए हैं यहाँ पर।"

"पुराना लोहे या प्लास्टिक का कोई कबाड़ पड़ा होगा तो उसे भी ले जाऊँगा, साहब।"

''नए घर में कबाड़ लेकर आएँगे क्या? कुछ नहीं है यहाँ।'' मन की कड़वाहट जबान पर भी आ ही गई। सुबह-सुबह पता नहीं कहाँ से चला आया।

''साहब, जब आप कहें मैं तब आ जाऊँगा। एक महीने बाद आ जाऊँ?'' उसने आशा भरी नजरों से मेरी ओर देखा।

''हाँ-हाँ, ठीक है।'' मैंने उसे टाला। उसका सुबह-सुबह चले आना मुझे अच्छा नहीं लगा था।

वह अपनी साइकिल, जिस पर पुरानी ट्यूब के दो-तीन फेरे के साथ दो बड़े बोरे बँधे हुए थे, को लेकर चलने लगा। साइकिल पर पड़े बोझ को देखकर मैं सोचने पर मजबूर हो गया, यह साइकिल चला रहा है या साइकिल इसे चला रही है। थोड़ी दूर तक साइकिल के घिसटने का स्वर मेरे कानों में आता रहा।

ऑफिस के लिए देर हो रही थी, मैं अखबार वहीं छोड़ तौलिया लेकर बाथरूम में घुस गया। एक मामूली सा व्यक्ति, जो दैनिक दिनचर्या में यों ही एक सुबह मुझसे टकरा गया, इसमें कुछ भी याद रखने लायक न था, सो मैंने भी भुला दिया।

लगभग एक माह बाद एक सुबह फिर घर की घंटी बजी।

''साहब, इस बार रविवार को आया हूँ, आपकी छुट्टी होगी आज, आपने एक महीने बाद बुलाया था।'' वह आज फिर मेरे दरवाजे पर खड़ा था, प्रफुल्लित मन से कुछ पा जाने की आस में।

मैं कुढ़ गया सुबह-सुबह उसकी शक्ल देखकर, लेकिन साथ ही काम के प्रति उसकी निष्ठा देख अच्छा भी लगा।

''साहब, निराश मत कीजिएगा, सुबह-सुबह का वक्त है, कुछ बोहनी हो जाएगी मेरी।'' वह मेरे चेहरे को साफ पढ़ चुका था शायद।

एक महीने बाद कुछ अधिक कबाड़ तो इकट्ठा न हुआ था, लेकिन जितना भी था, उतना लेकर चेहरे पर ढेर सारे आभार के भाव लेकर कई बार धन्यवाद प्रकट करता वह चला गया। उसकी साइकिल की खटर-

पटर की आवाज बहुत देर तक मेरे कानों में गूँजती रही।

''साहब, अगली बार भी मैं ही ले जाऊँगा, किसी और को मत दीजिएगा।'' जाते-जाते वह यह कहना भी नहीं भूला।

अप्रैल का महीना, गरमी का मौसम भी शुरू हो रहा था तो साथ-साथ बच्चों की कक्षाएँ भी। बड़ी बेटी ने इसी वर्ष देश के एक प्रतिष्ठित संस्थान से एम.बी.ए. किया और पढ़ाई पूरी करते ही उसे एक बहुराष्ट्रीय कंपनी में नौकरी मिल गई। बेटे ने अभी दसवीं पास किया है। दस वर्ष का अंतर है दोनों में। दसवीं की बहुत सी कॉपी-किताबें पड़ी हैं उसकी।

व्यक्तिगत तौर पर मैं कभी किताबों को रद्दी में देने का समर्थक नहीं रहा और यही मैंने बच्चों को भी सिखाया, न जाने कितने गरीब बच्चे पुस्तकों के अभाव में अपनी पढ़ाई जारी नहीं रख पाते होंगे। इसी सोच के चलते किताबें सदा से ही जरूरतमंद बच्चों को या किसी संस्था को दे दी जातीं।

रविवार का दिन। सुबह से ही रद्दीवालों ने हाँक लगानी आरंभ कर दी, पत्नी ने बेटे को भेजकर एक रद्दीवाले को बुलवा लिया, जब तक मैं बाहर निकलता तब तक वह अखबार, कॉपियों आदि को तौल चुका था।

''बाबूजी अगली बार भी मैं ही रद्दी ले जाऊँगा, आप किसी और को मत दीजिएगा।'' मेरे कानों में स्वतः ही ये शब्द गूँज गए और एक छवि आँखों में कौंध गई।

'यह तो रद्दी है, जब घर में बढ़ जाएगी तो किसी-न-किसी को देनी ही होगी। क्या उसकी प्रतीक्षा से घर को कबाड़खाना बनाकर रखें।' मैंने अपने मन को समझाया।

अगले रविवार वह मेरे दरवाजे पर उपस्थित था।

''रद्दी नहीं है, दे दी किसी को।''

''दे दी? साहब, मैंने कहा था, मैं ले जाऊँगा।'' उसका चेहरा रुआँसा हो गया।

न जाने क्यों उसके चेहरे को देख मुझे उस पर दया आ गई, अनजाने में ही मन अपराध-बोध से भर गया। ऐसा लगा, जैसे मुझसे बहुत बड़ी

गलती हो गई हो।

"अगली बार से ध्यान रखेंगे। तुम समय पर आ जाने की कोशिश करना।" लेकिन यह क्या, मैं तो घिघिया रहा था उसके सामने। आँखें चुराते हुए मैं अंदर चला आया और वह अगली बार की आस में साइकिल घसीटता चला गया, लेकिन इस बार मैंने एक बात पर ध्यान किया।

वह अन्य रद्दीवालों की तरह हाँक नहीं लगा रहा था।

"साहब बँधे-बँधाए घरों से रद्दी लेता हूँ मैं, वर्षों से मेरे ही ग्राहक हैं वे लोग।" अपने हाँक न लगाने का राज भी उसने एक दिन खोल दिया। वैसे भी अगर वह हाँक लगाता तो दूसरे घर तक भी आवाज न जाती, ऐसा मैंने सोचा।

और उसके बाद से वह मेरा फैमिली रद्दीवाला बन गया। हर महीने वह आकर मेरे घर की रद्दी ले जाता।

"आपके घर की किसी रद्दी का दुरुपयोग नहीं हो सकता। पास में जो पेपर मिल है, उन्होंने अधिकृत किया है मुझे। ये रद्दी सीधे वहीं जाती है।" उसने मुझे एक नई जानकारी दी।

"लेकिन साहब, कभी-कभी इस रद्दी में बहुत अच्छी किताबें भी मिल जाती हैं। स्कूल-कॉलेज की किताबें तो जरूरतमंदों को दे देता हूँ तो कभी सेकंड हैंड बाजार में बेच देता हूँ। अंग्रेजी तो मुझे आती नहीं, लेकिन हिंदी की कुछ अच्छी किताबें घर पर इकट्ठी की हैं मैंने।"

रद्दी तो मैं उसे ही देता था, लेकिन जितनी देर में भी वो रद्दी तौलता, उतनी देर कुछ-न-कुछ बोलता रहता था। कुछ बड़े अधिकारियों, कुछ महत्त्वपूर्ण लोगों और अच्छे संस्थानों का नाम लेकर कि वे लोग भी उसके अलावा किसी को रद्दी नहीं देते, यानी वह उनका भी फैमिली रद्दीवाला है।

उसकी बातें मुझे बहुत उबाऊ लगतीं, बस पीछा छुड़ाने के लिए हाँ-हूँ कर लेता।

"कितना बोलता है तुम्हारा यह रद्दीवाला, कैसे झेलते हो उसे?

किसी और को क्यों नहीं देते रद्दी?'' पत्नी ने कहा।

ठीक ही कह रही थी वह, आज तक उसने मुझे किसी को भी इतना झेलते नहीं देखा था। वह स्वयं भी कभी इधर-उधर की बातें करने लगती तो मैं टोक देता, लेकिन इस रद्दीवाले में ऐसा क्या था, जो न चाहते हुए भी मैं उसकी सारी बातें सुनता और घर में रद्दी का ढेर होने के बावजूद किसी और को उसे देने का साहस न कर पाता।

''साहब, आपको हिंदी साहित्य में रुचि है न, एक बहुत बढ़िया किताब हाथ लगी है। आप कहें तो आपको पढ़ने को दे दूँ?''

''हिंदी साहित्य?'' मैं जैसे सुप्तावस्था से जागा था। नौकरी, ऑफिस, प्रतिस्पर्धा, पदोन्नति और इससे इतर बच्चों तथा परिवार के इस मकड़जाल में इतनी बुरी तरह फँसा था कि याद भी न आया कि स्कूल-कॉलेज के जमाने से कुछ अच्छा पढ़ने को मिल जाता था तो खाना-सोना भी याद न रहता था, अब तो पढ़ने का तात्पर्य सिर्फ अखबार व कुछ पत्रिकाएँ पढ़ने तक ही सीमित रह गया था।

''कौन सी किताब है?'' उत्सुकतावश मैंने पूछ ही डाला।

''साहब, 'गुनाहों का देवता', धर्मवीर भारतीजी ने लिखी है।''

''गुनाहों का देवता? शायद पढ़ी है कहीं। वही सुधा-चंदर वाली?'' अनायास मेरे मुँह से निकल पड़ा।

''साहब, मैंने तो पढ़ी नहीं अभी, आप पहले पढ़ लें, मैं फिर पढ़ लूँगा।''

और उस दिन के बाद उससे मेरी नई दोस्ती की शुरुआत हुई। पुरानी-नई कई किताबें पढ़ने को मिलीं, कोई नई किताब मिलते ही मैं ऑफिस से घर जाने की प्रतीक्षा करता और टेलीविजन के सामने बैठने के स्थान पर कोई अच्छा उपन्यास, जीवन-वृत्त, संस्मरण इत्यादि लेकर बैठ जाता।

दीपावली पास आने वाली थी, बड़ी बेटी मेघना भी दो-तीन दिन की छुट्टी लेकर घर आ रही थी।

''मेघना के लिए कोई लड़का देखना चाहिए अब, पढ़ाई पूरी हो गई,

अच्छी नौकरी कर रही है, उम्र भी तो हो गई।'' पत्नी की चिंता अपने स्थान पर ठीक ही थी।

मेघना ने पहले इंजीनियरिंग की पढ़ाई की, फिर दो वर्ष नौकरी और फिर एम.बी.ए.।

''पढ़ाई या नौकरी में कभी कोई ऐसा साथी न होगा, जिसकी ओर उसका मन आकृष्ट रहा हो?'' मन में स्वाभाविक सा प्रश्न आया, यदि उसने अपने लिए कोई अच्छा जीवनसाथी तलाश किया हो तो हमें भी सुविधा रहती।

''हाँ माँ, देश की सर्वोच्च प्रशासनिक सेवा से चयनित होकर आया है और आजकल वहीं पर कलेक्टर है।'' माँ ने पूछा तो मेघना मना भी न कर सकी। ''वहीं दो-चार बार कंपनी के कार्य हेतु मुलाकात हुई और अच्छी दोस्ती में बदल गई।''

''मैंने उसकी पारिवारिक पृष्ठभूमि के बारे में ज्यादा नहीं पूछा, लेकिन शायद बेहद गरीब घर से है। पिता का छोटा-मोटा कोई व्यवसाय है, जिसे वह पुत्र के आई.ए.एस. बनने के बाद भी छोड़ना नहीं चाहते।'' मेघना ने बताया।

''अरे कोई बात नहीं, जैसी भी पारिवारिक पृष्ठभूमि हो, लड़का तो देश की सर्वोच्च सेवा में है। बाकी बातों से क्या फर्क पड़ता है?''

मेरे पाँव तो जमीन पर ही न थे, वैसे तो मेघना भी लाखों में एक है। देश के प्रतिष्ठित संस्थानों में चयनित होकर पढ़ाई की थी उसने और अभी भी बहुत अच्छी कंपनी में कार्य कर रही थी, लेकिन भारतीय प्रशासनिक सेवा की तो बात ही और है।

इस बार की दीवाली कुछ ज्यादा ही रोशन प्रतीत हुई। दीवाली के दो दिन बाद ही मेघना अपनी नौकरी पर चली गई। माँ से यह आदेश भी साथ लेकर गई कि लड़के के माता-पिता से शीघ्र ही मुलाकात करना चाहती है, इसलिए वह लड़के से बात करके दिन तय कर ले, साथ ही यह भी कह दिया कि वह परवाह न करे कि उसके माता-पिता कितने गरीब हैं,

एक बार मिलकर बात कर लें बस।

जीवन फिर अपनी लय-ताल पर चलने लगा, हर बार रद्दीवाले से कुछ नई-पुरानी पुस्तकों को पढ़कर लगता, जैसे मेरा बौद्धिक स्तर बढ़ता जा रहा है। अपने कार्यालय में काम करनेवालों से मैं अपने आपको कुछ अलग समझने लगा, मुझे लगता, कोई तो मिले जिससे अखबारों और पत्रिकाओं की खबरों से इतर कोई साहित्यिक चर्चा कर सकूँ।

मेघना का भी फोन आता रहता। उसकी बातों से लग रहा था कि लड़का हमारे घर आने में संकोच कर रहा है।

"विवाह करने को तैयार है तो एक बार तो मिलना ही पड़ेगा, इसमें संकोच कैसा?" मेघना की माँ का अकाट्य तर्क था।

"माँ, वह तो हमारे ही शहर से है और अगले सप्ताह ही घर आ रहा है। अपने पिता के साथ आपको मिलेगा।" मेघना ने यह नई सूचना दी थी।

मैंने पता करने का प्रयत्न किया। पाँच-छह वर्ष पहले यहाँ से किसका बेटा आई.ए.एस. में चयनित हुआ, लेकिन बड़ा शहर था, कुछ खास पता न चल पाया। मैं भी अभी दो वर्ष पहले ही तबादला होकर यहाँ आया था, इसलिए इतनी अधिक जानकारी न थी।

"आज सूरज अपने पिता के साथ आ रहा है। पापा के ऑफिस से आने के बाद ही आएगा। बहुत संवेदनशील है, थोड़ा ध्यान रखिएगा प्लीज।" एक दिन सुबह मेघना का फोन आया।

सारा दिन प्रतीक्षा में बीता। ऑफिस से भी मैं थोड़ा जल्दी घर आ गया, उन्हें सात बजे के बाद ही आना था, लेकिन उससे पहले ही जब-जब घर की घंटी बजती, हम दोनों द्वार की ओर दौड़ पड़ते।

आखिर ठीक सात बजकर पाँच मिनट पर घर की घंटी बजी। मैं और मेरी पत्नी दोनों एक साथ द्वार की ओर लपके, दरवाजा खोला, सामने लगभग तीस-बत्तीस वर्ष का सुदर्शन युवक खड़ा था।

"जी मैं सूरज।" उसने दोनों हाथ जोड़ दिए।

''तुम अकेले? तुम्हारे पिताजी भी साथ आने वाले थे न।'' मेरे मुँह से छूटा।

''जी आ रहे हैं।''

और तभी गेट खुला और उस गेट से जिस व्यक्ति ने प्रवेश किया, उसे देखकर तो हम दोनों के मुँह खुले के खुले रहे गए।

वह था हमारा फैमिली रद्दीवाला।

□

साक्षात् दर्शन

भगवान् शंकर की मूर्ति पर पड़े उस सोने के हार को देखकर उसके अंदर का चोर जाग उठा। वह आया तो भगवान् के दर्शन करने था, लेकिन सोने का यह हार देखकर उसके हृदय की श्रद्धा ने लालच का रूप ले लिया।

चोरी करना उसका पेशा था, किंतु भगवान् में उसकी अटूट आस्था थी। वह जानता था कि चोरी करना पाप है, किंतु वह करे भी क्या? इसके अलावा उसे कुछ और आता भी तो नहीं है। इसीलिए वह अपने पाप का प्रायश्चित्त करने भगवान् के मंदिर में चला जाता, इससे उसकी आत्मा को शांति मिलती। उसे लगता कि ऐसा करने से उसके गुनाह भगवान् माफ कर देते हैं।

बचपन में ही एक सड़क दुर्घटना में उसके पिता की मृत्यु हो गई थी। वे टैक्सी चलाया करते थे। माँ का इकलौता बेटा था, इसलिए पिता के मर जाने के बाद माँ ने उसे कुछ ज्यादा प्यार-स्नेह देना शुरू कर दिया था, ताकि उसे पिता की कमी न अखरे। माँ के इसी स्नेह ने उसके बालमन पर ऐसा प्रभाव डाला कि उसे भले-बुरे की समझ न रही।

उसकी माँ सुरजी लाला रामसुख की कोठी पर झाड़ू-पोंछे का कार्य करती थी, इसी से घर की रोजी-रोटी चलती थी। सुरजी खुद दिन-रात मेहनत करती, किंतु उसे कोई कमी नहीं होने देती। उसका भविष्य अच्छा बन जाए, इसके लिए उसे एक अच्छे स्कूल में भी भरती करा दिया था।

स्कूल जाने को उसका मन नहीं करता, स्कूल का नाम सुनते ही सुबह वह रोना शुरू कर देता। स्कूल न जाने के लिए वह कई प्रकार के बहाने करता। माँ उसे किसी तरह मना-बुझाकर ले जाती। स्कूल के बगल वाली दुकान से उसको बिस्कुट, टॉफी, कुरकुरे या चिप्स कुछ-न-कुछ दिला देती। चलो, धीरे-धीरे आदत पड़ जाएगी स्कूल जाने की, वह सोचती, लेकिन वह तो सिर्फ खाने की चीजों के बहाने स्कूल चला जाता। वहाँ भी उसका मन नहीं लगता था। वहाँ पर वह बच्चों की कुछ-न-कुछ चीजें चोरी करके घर ले आता।

'जयदीप, तेरे पास यह टिफिन कहाँ से आया?' माँ पूछती तो वह मासूमियत से जवाब देता।

'माँ यह मेरे दोस्त ने मुझे दिया है।' माँ यकीन कर लेती। यहीं से धीरे-धीरे उसे चोरी की आदत पड़ गई। अब वह घर से भी पैसे चुराने लग गया और बाजार की गलियों में मिठाई एवं अपने पसंद की चीजें खरीदकर खाया करता।

पढ़ाई-लिखाई में मन न लगने के कारण वह दो बार अपनी कक्षा में फेल भी हो चुका था, लेकिन सुरजी थी कि उसे हर कीमत पर पढ़ाना चाहती थी। उसकी छोटी-मोटी गलतियाँ उसे नजर ही नहीं आतीं।

पहली बार सुरजी को जयदीप की करतूत का पता तब चला, जब वह उसके स्कूल पहुँची।

'माँ, कल से मैं स्कूल नहीं जाऊँगा।' स्कूल से घर आते ही बस्ता पटकते हुए उसने माँ से कहा।

'क्यों नहीं जाएगा, बेटा?' पूछा सुरजी ने।

'वे लोग मुझे मारते हैं। मैडम ने कहा कि कल से स्कूल मत आना।' मासूमियत से कहा उसने।

'उनकी यह मजाल। कैसे नहीं आने देंगे स्कूल, क्या हम फीस नहीं देते उनको।' गुस्सा आ गया था सुरजी को।

वह रात सुरजी ने बड़ी मुश्किल से काटी और सुबह होते ही नाश्ता इत्यादि तैयार कर वह उसकी उँगली पकड़ स्कूल पहुँच गई।

'मैडमजी, क्या किया मेरे बेटे ने, क्यों मना किया आपने उसे स्कूल आने से।' जाते ही अध्यापिका पर चढ़ बैठी थी सुरजी।

'क्या किया? तुम्हें नहीं मालूम?' मैडम ने रहस्योद्घाटन किया तो पाँव तले की जमीन खिसक गई सुरजी की। 'इसको चोरी करने की आदत है,. बच्चों की पैंसिल से लेकर कॉपी, टिफिन और वाटर बोटल तक चुराकर घर ले जाता है ये, कई बार आपको डायरी में लिखकर इसकी शिकायत की, पढ़ती नहीं आप डायरी?'

क्या जवाब देती सुरजी। वह खुद तो पढ़ी-लिखी थी नहीं, उसके लिए तो काला अक्षर भैंस बराबर।

'नहीं मैडमजी, ऐसा नहीं हो सकता।' अनुनय की मुद्रा में आ गई थी वह।

'सिर्फ ऐसा होता तो कोई बात नहीं थी।' टीचर ने आगे कहा, 'कल एक मैडम का पर्स चोरी हो गया। जब सब बच्चों की तलाशी ली गई तो पर्स इसके बैग में मिला, प्रिंसिपल साहब ने इसे तुरंत स्कूल से निकाल दिया।'

कुछ कहते न बना सुरजी से, उल्टे पाँव वह घर लौटी और जयदीप के बक्से में पड़ी एक-एक चीज की बारीकी से जाँच की, तब उसे पता चला कि बच्चा छोटी सी उम्र में ही हाथ से निकल गया। उस दिन सुरजी ने उसे पहली बार खूब पीटा, और बाद में खुद रात भर सिसकती रही।

अब जयदीप घर में ही रह रहा था। दिन भर मोहल्ले में मस्ती करना और जरूरत के लिए माँ का पैसा चुराना उसकी आदत में शुमार हो गया था। सुरजी बेचारी सबकुछ जानकर भी कुछ नहीं कह पाती।

उम्र बढ़ने के साथ-साथ धीरे-धीरे उसकी चोरी की यह आदत पक्की होती चली गई। अब उसने घर की कीमती वस्तुएँ भी बाजार में

बेचनी शुरू कर दीं।

शुरू-शुरू में पैसे से खाने-पीने का सामान लेने की इस आदत ने उसे अब नशा करना भी सिखा दिया। अब वह बीड़ी-सिगरेट और चरस तक पीने लग गया था।

सुरजी ने उसे लाख समझाने की कोशिश की, किंतु उसकी आदतों में कोई परिवर्तन नहीं आया, तो सुरजी ने उसकी गतिविधियों पर अंकुश लगाना शुरू कर दिया।

घर के अंदर जब सख्ती शुरू हो गई तो उसने अब घर से बाहर अपने पैर फैलाने शुरू कर दिए। मुहल्ले के ही कई आवारा और नशेड़ी युवकों से उसके संबंध हो गए।

नशे के लिए अब वह उनके साथ निकलकर छोटी-मोटी वारदातें भी करने लगा। वह सुबह ही घर से निकल जाता और देर रात गए तक घर आता।

सुरजी अब उसको लेकर तनाव में रहने लगी। वर्षों से उस मोहल्ले में रहते हुए बनी-बनाई इज्जत पर अब लोगों ने उँगलियाँ उठाना शुरू कर दिया था। बस यही एक सदमा था, जिसने सुरजी को सदा के लिए इस संसार से रुखसत कर दिया था।

सुबह कोई छह बजे का समय रहा होगा, पुलिस की दो जीपें सायरन बजाते हुए सुरजी के घर के आगे रुकीं। दोनों गाड़ियों से एक दर्जन से अधिक पुलिस वाले उतरे और उतरते ही घर को घेर लिया।

कुछ पुलिसवालों ने अंदर प्रवेश किया और जयदीप को पकड़कर जीप में बिठा लिया।

'क्यों ले जा रहे हो इसे, क्या किया इसने?' सुरजी ने विरोध किया।

'चेन लूटी है इसने एक महिला के गले से।' पुलिस वाले ने कहा तो सुरजी को लगा जैसे किसी ने उसके गाल पर भरपूर तमाचा जड़ दिया हो।

पूरा मोहल्ला इकट्ठा हो गया, लोग तरह-तरह की चर्चा करने लगे। एक तेज दर्द उठा सुरजी के सीने में और वह गश खाकर गिर पड़ी। ऐसे गिरी कि फिर दुबारा कभी उठ नहीं पाई। इधर माँ की अरथी उठी और उधर बेटा जेल गया। घर में ताला लग गया।

तीन साल जेल के अंदर रहकर जब जयदीप बाहर आया तो पूरे मोहल्ले में उसकी धाक जम गई थी, लोग उसे 'जयदीप दादा' के नाम से पुकारने लगे थे।

अब उसका दिल और खुल गया था। अपराधी प्रवृत्ति के और युवक भी उसके साथ मिल गए थे। अब वे बड़ी चोरियाँ भी करने लगे, शहर के बंद घरों से वह दिन-दहाड़े गहने, रुपए व अन्य सामान साफ करने लगे।

एक बार नहीं, कई बार पुलिस उसको पकड़कर ले जाती। शहर में जब भी कोई चोरी की वारदात होती तो उसका नाम उसमें जुड़ जाता। पुलिस उसे पूछताछ के लिए थाने ले आती, अब उसको इससे कोई भी फर्क नहीं पड़ता था, किंतु भगवान् की सत्ता से वह जरूर डरता था। इसीलिए कभी-कभार मंदिर में जाकर अपने किए के लिए अंतर्मन से भगवान् से माफी भी माँग लेता था।

लेकिन आज भगवान् शिव के गले में पड़े उस मोटे से सोने के हार को देखकर उसकी आस्था डोल गई। श्रद्धा की जगह लालच मन में घुस आया, उसने बाएँ-दाएँ देखा। कोई उसे नहीं देख रहा था। क्या करे, निकाल ले हार? नहीं, नहीं भगवान् के घर में चोरी कैसे कर सकता है वह।

मन और मस्तिष्क में द्वंद्व चल रहा था उसके। और आखिर बुरा मन जीत ही गया। मन के किसी कोने से आवाज आई, 'कोई-न-कोई तो लेगा ही इस हार को, फिर मैं ही क्यों न ले लूँ।' मन' के दूसरे कोने से भी तर्कपूर्ण आवाज उभरी, 'नहीं, यह ठीक नहीं है, भगवान् का हार है यह तो?'

'भगवान् पत्थर में नहीं होते, यह तो सिर्फ प्रतिमा मात्र है भगवान्

की।' फिर तर्क मिला। उसने कनखियों से दाईं और बाईं ओर नजर मारी, कोई उसे नहीं देख रहा था।

'हे भगवान्! मुझे क्षमा करना, आपके गले में पड़ा हुआ यह हार मैं आपका प्रसाद समझकर ग्रहण कर रहा हूँ।' उसने मन-ही-मन भगवान् से क्षमा याचना की और धीरे से हाथ हार की ओर बढ़ाया, और जैसे ही उसने हार को छुआ, तुरंत एक झटके से हाथ वापस खींच लिया।

यह क्या? हार का स्पर्श करते ही उसे लगा जैसे उसने किसी साँप जैसी चीज का स्पर्श कर लिया हो। उस वक्त उसकी आँखें भी चुँधिया गईं, जब उसे वह हार सचमुच साँप की तरह ही नजर आया और फिर अचानक उसे झटका सा लगा, पूरे शरीर में चार सौ चालीस वोल्ट का करंट दौड़ गया हो जैसे। सँभाल नहीं पाया अपने आपको और धड़ाम से नीचे गिर गया।

उसके नीचे गिरते ही आवाज सुनकर मंदिर परिसर में मौजूद अन्य भक्तगण एवं पुजारी वहाँ पहुँच गए। लोगों ने उसे होश में लाने का प्रयत्न किया, पानी के छींटे मारे, बेहोशी में ही उसकी चेतना पर किसी फिल्म की तरह अनेक घटनाक्रम आते और जाते चले गए।

'ओह, सोने के तो काफी जेवरात हैं इनके यहाँ।' अलमारी का ताला तोड़ने के बाद उसने लॉकर खोलते हुए अपने साथियों से कहा।

'लगता है शादी है, इनकी बिटिया की।' उसके दूसरे साथी ने अपना विचार रखा।

'कल रोएँगे साले सब मिलकर।' उसने जैसे ही कहा तो उसके सब साथी ठहाका माकर हँस दिए।

'अरे रामदीन! ये लोग तो हमसे भी कँगले निकले, बीस हजार भी पूरे नहीं निकले पूरे घर में।' दूसरे घर में चोरी के दौरान उसने साथी से कहा।

'उस्ताद बहुत गरीब हैं शायद बेचारे।' रामदीन बोला।

'अरे हमको क्या लेना-देना गरीब-अमीर से, जो मिलता है समेट ले, टी.वी., रेडियो भी रख ले साथ में।' चोरी करते-करते निर्दयता भी आ गई थी उसके हृदय में।

'निकाल लो सारा माल, निकाल लो।' किसी अन्य घर का दृश्य फिर चेतना पर उभरा।

'चार महीने का गुजारा हो जाएगा।'

उसे होश में लाने के लिए लोगों ने अनेक प्रयत्न किए, उसे झिंझोड़ना शुरू किया, अचानक उसके शरीर में तेज कंपन होने लगा। उसने आँखें खोलीं और भयभीत दृष्टि से चारों ओर देखा, फिर जोर-जोर से चिल्लाने लगा—

'मुझे माफ कर दो, आइंदा मैं कभी गलती नहीं करूँगा, माफ कर दो मुझे।'

वहाँ खड़े लोगों की समझ में कुछ नहीं आया। अर्ध-बेहोशी की अवस्था में वह चिल्लाता और छटपटाता रहा।

'नहीं, नहीं, आइंदा से कभी गलती नहीं करूँगा, बस एक बार माफ कर दो।'

और फिर न जाने भीड़ में शामिल किस व्यक्ति ने उसको झिंझोड़कर एक झापड़ रसीद कर दिया।

चमत्कार जैसा हुआ और वह आँखें मींचते हुए एकदम खड़ा हो गया, उसे लगा, जैसे उसका कोई पुनर्जन्म हुआ हो, अपने अंदर एक नई स्फूर्ति, नई ताकत और नए जीवन का अहसास हुआ उसे।

'धन्य हैं प्रभु आप,' उसने आँखें बंद कर लीं। आपने मेरी आँखें खोल दीं आज, वरना मुझसे आज बहुत बड़ा पाप हो गया था।'

जाने कितने घरों में उसने अब तक चोरियाँ की होंगी, उसे खुद भी याद नहीं है, चोरी करते हुए वह अपने मतलब की एक-एक वस्तु को ढंग से निरख-परखकर उठाता था, लेकिन आज पहली बार इस घटना

से वह स्तब्ध रह गया। साक्षात् दर्शन हो गए हों भगवान् के जैसे।

ईश्वर सब जगह है, पत्थर की मूर्ति में भी, यह बात उसकी समझ में आ गई थी। न जाने कितने लोगों की आत्मा दुखी होगी उसके इस कृत्य से, वह सोचने लगा कि शायद भगवान् भी उसे इस कुकृत्य से छुटकारा दिलाना चाहते हैं।

वह दंडवत् लेट गया और भगवान् के चरणों में सिर टिका दिया।

और अगले ही दिन से वह सौ रुपया रोज के किराए पर रिक्शा लेकर सवारी के इंतजार में वहीं मंदिर के बाहर खड़ा था।

□

दंड

शयनकक्ष की खिड़की के पास बैठे विमलजी एकटक बाहर की ओर निहार रहे थे। जेठ की शाम का सूर्य भी तपती दुपहरी के समान आग उगलता प्रतीत होता। आज दिन में ही समाचार चैनल दिखा रहे थे कि दिल्ली का पारा 46 को छू गया है। वे प्रतीक्षा कर रहे थे कि सूर्य का आग बिखेरना कब थोड़ा सा बंद हो और वे सामने के पार्क में टहल आएँ।

पचहत्तर वर्ष की उम्र हो गई है विमलजी की, लगभग 55 वर्ष पूर्व पहाड़ों की सुरम्य वादियों को छोड़ रोजगार की तलाश में राजधानी दिल्ली आना हुआ। तब से शादी-समारोहों के अलावा कभी घर जाना नहीं हो पाता। कई बार आर्थिक तंगी के चलते गाँव जाने की इच्छा होते हुए भी मन मसोसकर रह जाते।

सरकारी नौकरी मिलना तब इतना मुश्किल न था, सो कुछ समय के धक्कों के साथ मिल ही गई। दक्षिण दिल्ली के अच्छे इलाके में दो कमरों का सरकारी मकान भी मिला और कुछ समय बाद विवाह भी हो गया, जीवन ढर्रे पर चल निकला। भागदौड़ भरी इस जिंदगी में अपने गाँव की याद आती, लकड़ी के नक्काशीदार जंगले और स्लेट पत्थर की छत वाले घर की याद आती, पत्नी जब छोटी सी रसोई में पसीने से तर हो स्टोव के शोर में रोटी पकाती तो घर की याद आती, लेकिन घर वापस जाना इतना आसान होता तो यहाँ आता ही क्यों? सीमित रोजगार के साधनों ने उसे भी अन्य कई युवाओं की भाँति पलायन के लिए मजबूर किया था।

विमलजी ने बाहर देखा, धूप ढल चुकी थी। उन्होंने छड़ी उठाई और पार्क की ओर चल दिए। बहू रसोई में कुछ कर रही थी और दोनों बच्चे मित्रों के साथ बाहर निकल चुके थे।

पार्क में बड़े-बूढ़े और बच्चों की भीड़ लगी थी। कहीं छोटे बच्चे खेल रहे थे तो कहीं बुजुर्ग आपस में बातचीत करते टहल रहे थे। बातचीत का विषय नित्य ही बदलता रहता। राष्ट्रीय, अंतरराष्ट्रीय, स्थानीय, समसामयिक सभी तरह की चर्चाएँ यहाँ होतीं, आज का विषय था ग्लोबल वार्मिंग। संपूर्ण पृथ्वी के बढ़ते हुए तापमान को देखते हुए यही सबसे उपयुक्त विषय था आज।

बहुत सी बुजुर्ग महिलाएँ भी पार्क में धीरे-धीरे टहल रही थीं, विमलजी को सुगंध की याद हो आई। पीड़ा के जिस दौर से सुगंध गुजरी थी, उसे याद कर उन्हें सिहरन हो आती, ईश्वर से दुआ माँगते उसे पीड़ामुक्त करने की, जब भगवान् ने अपनी ही तरह से उसे सारी पीड़ाओं से मुक्त कर दिया तो उस मुक्ति की पीड़ा विमलजी की बची-खुची जिंदगी में समा गई।

कैसा भाग्य लिखाकर आता है कोई-कोई? कहा जाता है कि इनसान बुरे कर्मों की सजा इसी जन्म में भुगतता है, लेकिन सुगंध ने कौन से जन्म की सजा भुगती? अपने होशोहवास में उसने कभी किसी का बुरा किया हो, उन्हें याद नहीं। मात्र पंद्रह वर्ष की थी सुगंध, जब इस घर में बहू बनकर आई थी। माँ ने कुछ समय अपने साथ गाँव में रख घर-गृहस्थी सँभालने का प्रशिक्षण दे डाला।

'बेटा, मैं भी तो कुछ दिन बहू का सुख भोगूँ, बड़ी तो कभी घर रही नहीं और न ही अब आएगी?'

'तो माँ, तू ही क्यों नहीं आ जाती हमारे साथ?'

'अरे न बेटा, तेरा वह हर समय बंद रहनेवाला छोटा सा घर मुझे नहीं भाता। यहाँ इतना बड़ा आँगन है, खेत है और फिर मेरे ये गाय, भैंस, बछिया, ये किसके सहारे रहेंगे? तेरे पिताजी की मिट्टी है इस घर में, उसे

जीते-जी न छोड़ूँगी।' और जो उन्होंने कहा, वैसा ही किया भी।

सुगंध ने दिल्ली आकर गृहस्थी ऐसे सँभाली, जैसे पता नहीं कब से इस घर में रची-बसी हो। विवाह हुए दस वर्ष बीत चुके थे और दो बेटे तथा दो बेटियाँ उनकी गृहस्थी में जुड़ चुकी थीं। महानगरों के जीवन में ऐसा लगता है, समय भी द्रुतगति से भाग रहा है। हँसी-खुशी, भागते-दौड़ते ये वर्ष मानो पलक झपकते ही गुजर गए।

लेकिन पहाड़ जैसी जिंदगी का अगला अध्याय इतना सुखदायी न था, आगे आनेवाले वर्ष ऐसे बीते मानो सदियाँ गुजर गई हों। कार्यालय में कुछ पैसों का हेर-फेर हुआ था, जाँच में विमलजी दोषी पाए गए, एक सुबह जब वे कार्यालय को निकलने की तैयारी में थे कि तिहाड़ पहुँचा दिए गए, कुछ निकट संबंधियों व मित्रों के सहयोग से एक सप्ताह बाद जमानत हुई और इस ज़मानत के रूप में सुगंध को पितृपक्ष द्वारा विवाह में दिए गए कंगनों से हाथ धोना पड़ा।

विमल जेल से घर तो लौटे, लेकिन नौकरी से निलंबित और मन पर शर्मिंदिगी का बोझ लिये। चार में से तीन बच्चे उस समय स्कूल में पढ़ रहे थे और सबसे छोटी बच्ची माँ की गोद में। बस सरकार की इतनी दया रही कि आवास उनसे छीना नहीं गया, दिल्ली जैसे महानगर में सिर छिपाने का स्थान मिल जाए तो बहुत बड़ी बात है।

इसके बाद आरंभ हुए न्यायालय के चक्कर। केस तो न निबटा, पर वेतन का एक हिस्सा मिलना आरंभ हो गया। लेकिन 6 व्यक्तियों के परिवार में यह ऊँट के मुँह में जीरे के समान था, नाते-रिश्तेदार भी कितने दिन मदद करते, कुछ समय बाद उन्होंने भी मुँह मोड़ लिया। फिर उन पर अपने स्वयं के घर-परिवार की जिम्मेदारी भी थी।

यद्यपि यह अवैधानिक था, लेकिन विमलजी ने एक कमरा नौकरीपेशा अकेले आदमी को किराए पर दे दिया। यों भी शास्त्रों में लिखा ही है 'वुभुक्षितं किं न करोति पापम्।' विमलजी के परिवार के 6 सदस्य अब एक कमरे में समा गए।

लेकिन सुगंध ने उफ तक न की। विमलजी को लगा था, केस का निर्णय जल्द ही हो जाएगा और वे बाइज्जत बरी हो नौकरी पर वापस आ जाएँगे, लेकिन कोर्ट की लंबी प्रक्रिया का अनुमान उन्हें न था। आरंभ में इसीलिए कोई अन्य कार्य ढूँढ़ने का प्रयास नहीं किया और बाद में अकर्मण्यता उनके खून में रच-बस गई। धीरे-धीरे सुगंध के सारे जेवर गरीबी और भुखमरी की भेंट चढ़ते गए, कपड़ों पर कच्ची सिलाई और पैबंद लगते गए।

'बच्चों को घर क्यों नहीं भेज देता? यहाँ भूखों मरने से तो अच्छा है, गाँव में रहें। दो लोग काम करेंगे तो खेती से उपजा अन्न पेट भरने को पर्याप्त होगा और दो मील पर स्कूल भी है।' बड़े भाई और कुछ अन्य रिश्तेदारों ने सलाह दी।

'नहीं भाई साहब, मेरे बच्चे यहीं रहकर पढ़ेंगे। उन्हें गाँव में रहने की आदत नहीं।' विमल ने दो टूक जवाब दिया।

'रस्सी जल गई, पर ऐंठ नहीं गई। बच्चे गाँव में नहीं रह सकते। यहाँ जैसे महलों में रख रहा है।' भाई साहब और भाभीजी ने तीखी प्रतिक्रिया दी।

लेकिन विमलजी ने किसी की न सुनी। कभी घर में केरोसिन नहीं होता तो कभी राशन, कभी बिना खाए तो कभी आधे भरे पेट की सुगंध के साथ-साथ बच्चों ने भी आदत डाल ली। इस बीच विमलजी अपनी अकर्मण्यता और झूठ बोलकर उधर माँगने के लिए रिश्तेदारों और मित्रों में कुख्यात हो चुके थे, कभी-कभी उन्हें स्वयं पर आश्चर्य होता। क्या थे और क्या हो गए हैं वह?

समय अपनी गति से भागता रहा। बड़े बेटे शांतनु ने दसवीं का इम्तिहान अच्छे नंबरों से पास किया। घर में सभी लोग प्रसन्न हुए, निराशा में आशा की एक किरण जगी, लेकिन विमलजी के मन में यह कैसा अपराध-बोध था कि चाहकर भी वह शांतनु को गले से न लगा पाए। इस बीच न जाने क्यों, पिता से उसकी बातचीत दिन प्रतिदिन कम होती जा रही थी।

एक शाम को जब वह कमरे में रखे एकमात्र तख्त पर लेटे सुस्ता रहे थे, घर में चार बच्चों ने प्रवेश किया।

'पिताजी, आप या तो बाहर बालकनी में बैठ जाइए या छत पर चले जाइए, मैं यहाँ इन बच्चों को ट्यूशन पढ़ाऊँगा।' आरामतलबी के नशे में डूबे पिता के मुँह पर पंद्रह वर्षीय पुत्र का यह करारा तमाचा था। काश उस वक्त ही उनकी आत्मा थोड़ी सी चेत जाती।

शांतनु दो घंटे बच्चों को पढ़ाता, उतने समय सुगंध रसोई में रहती, बेटियाँ छत पर जाकर पढ़ाई करतीं और छोटा बेटा मैदान में दोस्तों के साथ खेलता। विमल कुछ दिन बाहर बालकनी में बैठे रहे, पर अंततः मन भर गया। उन दो घंटे उन्होंने भी घर से बाहर निकलना उचित समझा।

महीने के अंत में अपनी कमाई की एक-एक पाई शांतनु माँ के हाथ में थमा देता, और ट्यूशन पढ़ाने का उसका यह क्रम तब तक जारी रहा, जब तक नौकरी में उसकी पदोन्नति नहीं हुई। शांतनु ने कमाना तो आरंभ कर दिया, लेकिन पढ़ाई में धीरे-धीरे पिछड़ता गया।

बारहवीं के बाद उसने सुबह की पाली में कॉलेज में प्रवेश लिया और शाम को शॉर्टहैंड, टाइपिंग सीखने लगा। ट्यूशन पढ़ने अब बच्चे घर पर नहीं आते, बल्कि उसने एक-दो अमीर परिवारों के घर पर जाकर ट्यूशन पढ़ाना आरंभ कर दिया, सुबह का निकला शांतनु रात के दस बजे वापस घर आता।

बाहर अँधेरा गहराने लगा था, सभी लोग अपने-अपने घरों की ओर लौटने लगे थे, विमलजी भी आहिस्ता-आहिस्ता घर की ओर चल दिए। बच्चे घर आ चुके होंगे और शांतनु आने वाला होगा और वह चले जाएँगे अपने कमरे में, जहाँ एक छोटा सा टी.वी. रखा है उनके मनोरंजन के लिए।

उन्हें याद आया, नौकरी लगने के दो महीने पश्चात् ही शांतनु एक छोटा सा टी.वी. घर पर ले आया था।

'यह ज्यादा जरूरी था क्या?' अपने जवान होते बेटे की मनोदशा समझे बिना विमलजी का प्रश्न था।

'राखी और गुड्डू दूसरों के घर में टी.वी. देखने जाते हैं, मुझे अच्छा नहीं लगता।' शांतनु का सीधा-सपाट जवाब था।

बड़ी बहन नीरा ने जब से दसवीं पास किया, पिता ने उसके किसी और के घर जाकर टी.वी. देखने पर पाबंदी लगा दी थी।

टाइपिंग, शॉर्टहैंड सीखने के पश्चात् ही उसने कई परीक्षाओं के फार्म भरने आरंभ कर दिए। उन्हें वह रात अब भी याद है, जब बाथरूम वाले गलियारे की तरफ धूँ-धूँकर कुछ जलता देख वह उस ओर चले गए। कुछ कागज जल रहे थे और आँसू रोकने से लाल पड़ गई आँखों से उन जलते कागजों की ओर देखता शांतनु वहाँ खड़ा था।

'यह क्या ...?' वह अपना प्रश्न भी पूरा न कर पाए थे कि शांतनु की निगाहों को देख सहम गए।

बाद में पता चला कि उसने एक परीक्षा का फार्म शुल्क के पैसे उपलब्ध न हो पाने के कारण जला दिया था।

दो दिन पहले ही तो उसने माँ और पिता दोनों से पैसे माँगे थे। माँ उसके दिए पैसे खर्च कर चुकी थी और पिता का दो टूक जवाब उसे आहत करने के लिए पर्याप्त था।

'मेरे पास कहाँ से आए पैसे? कमाता तो तू भी है!'

अपने में ही मस्त विमलजी को क्या इतना भी पता न था कि अपनी कमाई की एक-एक पाई शांतनु माँ के हाथ में रख देता और फिर हर दूसरे दिन डी.टी.सी. की बस का किराया मात्र लेता। अंततः अथक प्रयासों के बाद उसे एक सरकारी विभाग में लोअर डिवीजन क्लर्क की नौकरी मिल ही गई, लेकिन नौकरी करने के बाद भी उसने परिश्रम न छोड़ा। कार्यालय से लौट सीधे टाइपिंग केंद्र जाता, जहाँ से उसने स्वयं सीखा था, वहीं प्रशिक्षण देने लगा।

सुगंध को कभी-कभी महसूस होता, शांतनु घर आना ही नहीं चाहता शायद। अपने जीवन का मशीनीकरण कर लिया था उसने। घर के बड़े बेटे के फर्ज को बखूबी निभाता शांतनु प्रस्तर खंड में तब्दील हो चुका था।

सुगंध समझ रही थी, राखी और मीरा समझ रही थी, यदि किसी की समझ में नहीं आ रहा था तो वह थे, विमलजी और उनका दूसरा बेटा गुड्डू।

आर्थिक तंगी ने जहाँ शांतनु को समय से पहले जिम्मेदार बना दिया, वहीं गुड्डू को बरबादी की ओर धकेल दिया। क्लास दर क्लास अनुत्तीर्ण होने वाला गुड्डू कुसंगति में नशे का आदी होता गया और इसी नशे ने अंततः सड़क दुर्घटना के रूप में उसका जीवन लील लिया।

जवान पुत्र की मृत देह को देख माँ और दोनों बहनें छटपटा उठीं, लेकिन शांतनु के चेहरे पर कोई भाव न थे। पिता की निगाहों से एक बार निगाहें मिलीं तो विमलजी ने आँखें झुका लीं। उन जलती हुई तीक्ष्ण भेदी आँखों का सामना करने की हिम्मत न थी उनमें।

अंततः 22 वर्षों के लंबे संघर्ष और कोर्ट के चक्कर काटने के बाद विमलजी के पक्ष में निर्णय हुआ, लेकिन तब तक जीवन के महत्त्वपूर्ण वर्ष नष्ट हो चुके थे, नौकरी के दो वर्ष बचे थे, जिसे करने की भी विमलजी के मन में न अभिलाषा बची थी, न कार्यक्षमता।

परिवार सहित देवी पूजा के लिए घर गए, दोनों बेटियों ने पहली बार अपने पैतृक ग्राम के दर्शन किए, घर उजड़ चुका था, स्लेट पत्थर और नक्काशीदार जंगला कोई उखाड़कर ले गया, माँ के स्वर्गवास के बाद किसी को इतना समय न था कि दादा द्वारा बनाए इस गृह की सुध लेता।

अब दिल्ली में सरकारी आवास के रूप में एक ठौर बाकी था, जो सेवानिवृत्ति के पश्चात् छिन जाना था।

'क्या विमलजी ने सोचा था, इसके पश्चात् क्या होने वाला है? दिल्ली जैसे महानगर में जहाँ सिर छिपाने का स्थान मिलना सबसे बड़ी समस्या है, उस महानगर में अपने पाँच व्यक्तियों के परिवार को लेकर कहाँ जाने वाले थे वे? या फिर अपनी जिम्मेदारी वे किसी और के सिर डालना चाहते थे।

और हुआ भी यही, शांतनु ने विनती कर पिता की सेवानिवृत्ति से

पूर्व अपने लिए आवास आवंटित करवा लिया था।

'आधुनिक युग का श्रवण कुमार है तुम्हारा बेटा।' सगे-संबंधी शांतनु की प्रशंसा करते न अघाते।

'श्रवण कुमार ने तो माता-पिता के लाचार व अपंग होने पर सेवा की थी, लेकिन इस श्रवण कुमार ने तो···।' सुगंध मन-ही-मन सोचती। इसी बीच अच्छा घर देख मीरा का विवाह कर दिया। राखी अभी पढ़ रही थी, सुगंध शांतनु के लिए बहू लाना चाहती थी।

'बेटा, तू अपने बारे में कब सोचेगा?'

'जब सारी जिम्मेदारियों से मुक्त हो जाऊँगा। अभी पहले राखी का ब्याह करना है और अपनी भी पदोन्नति से वेतन बढ़ जाए, तभी सोचूँगा।'

'मैं भी तो थक गई हूँ बेटा। बहू आएगी तो आराम से बैठूँगी।' सुगंध मुसकराई, वर्षों से तन-मन से टूटी सुगंध अब थोड़े में ही हाँफने लगती थी, पूरे शरीर में अकड़न और पीड़ा रहने लगी थी।

इधर विमलजी सेवानिवृत्त हुए, उधर सुगंध ने खाट पकड़ ली, राखी ने पढ़ाई छोड़ घर सँभाल लिया, देर से आने वाला शांतनु अब कार्यालय से सीधे घर आने लगा। नित्य दो घंटे माँ के पास बैठ उसके हाथ-पैरों को सहलाता रहता। सुगंध की आँखों से आँसू बहते, निष्क्रिय पड़ चुके हाथों में जान सी आने लगती, पैरों की पीड़ा कम होती।

'मोती दान किए होंगे पिछले जन्म में, जो ऐसा बेटा मिला है तुझे।' विमलजी ने एक दिन कहा।

'मैंने तो मोती दान किए थे, लेकिन शांतनु ने क्या पाप किया था, जो उसे हम जैसे माता-पिता मिले, बचपन से ही जिम्मेदारियों के पहाड़ पर खड़ा है।' बहुत परिश्रम से इतना तो बोल पाई सुगंध, इतने में ही चेहरा लाल हो गया और नसें तन गईं।

'तुम चुप रहो, देखो कितनी तकलीफ हो रही है तुम्हें।'

सुगंध ने आहत दृष्टि से पति की ओर देखा, मानो कह रही हो—'मैं तो चुप रहूँगी, लेकिन लोग भी तो यही कहते हैं।'

'सुनो जी, आप कुछ काम क्यों नहीं ढूँढ़ लेते। शांतनु पर इस छोटी सी उम्र में बोझा डालना ठीक नहीं।' शांतनु ने जब पहले-पहल ट्यूशन पढ़ाना आरंभ किया, तब उसने यही तो कहा था।

'कहाँ मिलेगा मुझे अब काम? वैसे भी कोई पूछेगा तो क्या कहूँगा, गबन के आरोप में जेल हो आया हूँ?' और बात यहीं समाप्त हो गई।

'लेकिन क्या वह सचमुच काम नहीं कर सकते थे?' अब उन्होंने अपने मन से पूछा।

क्या इस पूरे महानगर में कोई उनका शुभेच्छु नहीं था, जो उन्हें काम दिलवा देता? या फिर क्या जरूरी था यहीं रहना। दिल्ली के आसपास इतनी फैक्टरियाँ हैं, गृहस्थी की जिम्मेदारी के लिए थोड़े धक्के भी खाने पड़ते तो कष्ट न होता।

प्रश्नों ने मन को चीरना आरंभ किया तो वह सुगंध के कमरे से बाहर निकल आए, वैसे भी शांतनु के आने का समय हो गया था और बाप-बेटे में यह अलिखित, अबोला समझौता सा ही था कि दोनों एक-दूसरे के सामने न रह पाते।

तब से सागर में घड़ों पानी पड़ चुका है। सुगंध ने असहनीय पीड़ा से मुक्ति पाई, राखी का विवाह हुआ, उसके बाद ही शांतनु ने अपने लिए जीवन-संगिनी की तलाश की। अब उसके दो प्यारे से बच्चे हैं, लेकिन अगर कुछ समाप्त नहीं हुआ तो पिता-पुत्र के बीच का खिंचाव।

उम्र के इस पड़ाव पर आत्मग्लानि और अपराध-बोध से ग्रसित विमलजी बहू और बच्चों के द्वारा शांतनु से बात कहने का प्रयास करते, लेकिन इस आँच के बाद भी इस हिमखंड को न पिघलना था, न पिघला।

अब उन्हें पेंशन मिल रही है, अपराध-बोध से मुक्ति के लिए बहू से पूछ-पूछकर सब्जी, फल इत्यादि ले आते हैं। पहले-पहल उसने मना किया, लेकिन बाद में समझ गई।

'मुझे मना मत करो, बहू। मेरा समय भी कटेगा और…।' आगे वह कुछ कहना चाहते थे, जिसे उनके स्वर की कातरता देख बहू स्वयं ही

समझ गई और उसके बाद उसने कभी उन्हें घर के लिए कुछ भी लाने को न नहीं कहा।

'काश कि मैं पहले चेत गया होता, तो अपने इस हीरे जैसे पुत्र के सामने अपराधी न बना होता। वह तो उसके संस्कार हैं कि उन्हें किसी वृद्ध आश्रम में पटककर नहीं आ गया। उनके लिए घर में सारी सुविधाएँ हैं, बस नहीं है तो पुत्र का स्नेह।' उन्होंने मन-ही-मन सोचा।

'सुगंध क्यों छोड़ गई मुझे इस नरक की आग में जलने के लिए। तुमने तो न जाने कौन से जन्म के कर्मों की सजा भुगती, लेकिन मैं तो इसी जन्म के कर्मों की सजा भुगत रहा हूँ।'

'अभी पता नहीं कब तक जीना होगा मुझे। यहीं लंबा जीवन-सजा है मेरे लिए।' उन्होंने स्वयं से कहा और घर की ओर कदम तेज कर दिए।

□

भाग्य-चक्र

'माँ, तुम तैयार नहीं हुईं अभी तक, न्यायालय में बैठने का मेरा पहला दिन है आज। देर नहीं होनी चाहिए।' दोनों हाथों से अपनी पहली बार पहनी साड़ी को सँभालती श्रुति कमरे में दाखिल हुई तो राजेश्वरी ने चेहरा फेर आँखें पोंछ लीं।

जब से श्रुति न्यायायिक सेवा में चयनित हुई, तभी से रट लगाए थी—'माँ, पहले दिन जब जज की कुरसी पर बैठूँगी, तुम जरूर आना। देखना, तुम्हारी बेटी कैसे न्याय करती है।'

और आज वही पहला दिन था। श्रुति सुबह से तूफान बनी घूम रही थी।

'मौसी-मौसाजी को भी बोला है, वे भी आ रहे हैं। माँ, निकलो अब जल्दी।' और वह राजेश्वरी का हाथ खींचती बाहर की ओर ले गई।

श्रुति और वह कोर्ट पहुँचीं, उससे पहले ही श्रुति के मौसी-मौसाज़ी वहाँ मौजूद थे।

न्यायालय के दृश्य राजेश्वरी ने टेलीविजन पर ही देखे थे। उन दृश्यों को साक्षात् करने का मौका आज ही मिला; उसे लगा, फिल्मों में यह दृश्य जितने भव्य दिखाए जाते हैं, वस्तुतः उतने भव्य होते नहीं। सामने पड़ी कुरसियों पर वह तीनों बैठ गए।

नियत समय पर काररवाई आरंभ हुई। पहला मुकदमा धोखाधड़ी से एक ही जमीन को दो लोगों को बेच देने का था। कुछ और साक्ष्यों की

आवश्यकता थी, अतः अगली तारीख तय हुई।

'सुरेंद्र सिंह पुत्र नयन सिंह हाजिर हो।' राजेश्वरी चौंकी। क्या सही सुना उसने? फिर मन को समझाया, कोई और भी तो हो सकता है, लेकिन पिता का नाम भी वही, यह मात्र संयोग तो नहीं। उसने कनखियों से दीदी की ओर देखा, क्या उनकी भी यही प्रतिक्रिया होगी? नहीं, वह शांत बैठी थी, जैसे कुछ सुना ही न हो, राजेश्वरी बेचैन हो उठी। पिछले 25-26 वर्ष से जिस घाव की पीड़ा को वह अपने अंतर्मन में दबाए थी, वह जरा सा कुरेदने पर नासूर बन जाता, तो क्या घाव के नासूर बनने का वक्त आ चुका था?

जैसे शेर के डर से बिल्ली आँखें मूँद लेती है, वैसे ही उसने सामने से निगाहें हटा लीं, क्या पता वही-हो? पर तभी दीदी ने उसे हल्का सा हिलाया तो स्वतः ही उसकी निगाहें कठघरे में खड़े इनसान की ओर चली गईं। पहचानने का प्रयास किया। छब्बीस वर्ष, छोटा समय नहीं होता यह, दोनों में बहुत परिवर्तन आए होंगे, लेकिन फिर भी पहचानने में भूल न हुई। शरीर सूखे पत्ते की भाँति काँप उठा। नियति उससे और उसकी बेटी से और क्या चाहती है? कई वर्षों के थपेड़ों के बाद जीवन में खुशी आई है। क्या उस पर भी ग्रहण लग जाएगा? दीदी ने मजबूती से उसके हाथ पर अपना हाथ रख दिया, मानो कह रही हो, 'तब भी मैं तेरे साथ थी, अब भी हूँ।' जनवरी के महीने की शीत में भी पसीना-पसीना हुई राजेश्वरी का हाथ न जाने कब तक दीदी की हथेली की गरमाहट में पसीजता रहा।

'उठ अब! यहीं बैठी रहेगी क्या?' दीदी ने झकझोरा तो पता चला कि कोर्ट की काररवाई समाप्त हो चुकी है।

कितनी खुश थी वह विवाह के बाद, और यह खुशी तब और भी बढ़ गई, जब उसे पता चला कि उसकी कोख में एक नन्ही सी जान पल रही है।

'अपना ध्यान रखना बहू, पोता चाहिए मुझे तो।' सास ने दुलार करते हुए कहा।

'पोता!' वह चौंकी, अगर पोती हुई तो? मन को समझाया सास के मुँह से ऐसे ही निकल गया होगा। पुरुष प्रधान समाज में अभी भी अजनमे बच्चे को लड़की कहने की हिम्मत कोई नहीं जुटा पाता।

चार बहनों के बाद पैदा हुआ उसका पति उस घर का एकमात्र पुत्र था। कुछ माँ का लाड-प्यार तो कुछ घर का इकलौता वारिस होने के गर्व ने उसे उद्दंड और लापरवाह बना दिया। कक्षा-दर-कक्षा अनुत्तीर्ण होता किसी तरह से आठवीं पास कर पाया और नवीं में दो बार अनुत्तीर्ण होने के पश्चात् पढ़ाई से तिलांजलि दी। यों तो पिता फौज से रिटायर थे और उन्हें पेंशन मिलती थी, लेकिन जमा पूँजी चारों बेटियों के विवाह में खर्च कर अब वह पेंशन मात्र पर ही निर्भर थे। पिता चाहते थे कि पुत्र भी उनकी तरह सेना में भरती हो, लेकिन इकलौते पुत्र की माँ के आगे उनकी एक न चली, उसके लिए यह नौकरी असुरक्षित और खतरनाक थी। पिता ने अपने प्रयासों से उसकी नौकरी गाँव से चार-पाँच मील दूर स्थित सरकारी कार्यालय में उसकी योग्यतानुसार लगवा दी और समय आने पर उसका विवाह भी कर दिया। राजेश्वरी इस घर में बहू बनकर आई। ससुराल के नाम से उपजे डर के दु:स्वप्न से इतर उसे इस घर में भरपूर स्नेह मिला। हाँ, सास रिश्ते के तथाकथित धर्म को निभाते हुए संपूर्ण अधिकार जताने का प्रयास करती। बहू को परोक्ष रूप से उसने पहले-दूसरे दिन ही जतला दिया था कि जब तक वह जीवित है, इस घर में उसी की चलेगी। पति उसके प्रति क्या किसी के प्रति भी संवेदनशील नहीं था। एक अजब सी अक्खड़ता उसके स्वभाव में दिखती। दिन भर नौकरी, शाम को गाँव में ही दोस्तों के झुंड और कभी-कभार देर रात पीकर लौटना, यही उसकी दिनचर्या होती, लेकिन राजेश्वरी के प्रति वह कठोर न था, वह इसी से संतुष्ट रहती।

'इस घर में अब एक पोता आ जाए तो मैं गंगा नहा लूँ।' सास का अब दिन में कम-से-कम दो बार तो यह ब्रह्मवाक्य हो ही गया था।

'माँ बहुत खुश है आजकल।' पति ने एक शाम आँखों में ढेर सा

दुलार भरकर कहा।

'क्यों?'

'उनका पोता जो आनेवाला है?'

'और अगर पोती आई तो?' सास के सामने तो ऐसा कहने की हिम्मत न हुई, लेकिन पति से तो कह ही सकती थी।

लेकिन यह क्या? उसके चेहरे का तो रंग ही बदल गया, आँखों में दुलार का स्थान क्रोध की चिनगारियों ने ले लिया।

'हिम्मत कैसे हुई तेरी ऐसा कहने की, लड़का चाहिए मुझे इस घर का वंश चलाने को।' और उसने राजेश्वरी के बाल झिंझोड़कर उसे एक ओर धक्का दे दिया।

राजेश्वरी को काटो तो खून नहीं। उसे लगा था कि पुराने विचारों की होने के कारण सास ऐसा कह रही होंगी, लेकिन अब तो पति भी। भय के मारे उसके मुँह से शब्द न निकले, पति का यह रूप अकल्पनीय था। पति तो थोड़ी ही देर में गहरी नींद में खर्राटे भरने लगा, लेकिन राजेश्वरी को नींद न आई। उसने सुना था कि शहरों में लोग पहले ही पता कर लेते हैं कि गर्भस्थ शिशु लड़का है या लड़की और लड़की हुई तो उसे मार डालते हैं। उसने यह भी सुना था कि प्रदेश के कुछ हिस्सों में लड़की पैदा होने पर उसे धतूरे का बीज या अन्य कोई जहरीला पदार्थ खिला दुनिया से विदा करते हैं; लेकिन अपने यहाँ उसने कुछ ऐसा सुना न था। रात भर दुश्चिंताओं में डूबती-उतरती राजेश्वरी को पौ फटने से कुछ समय पहले ही नींद आई।

चिड़ियों की चहचहाट से उसकी नींद टूटी, सूर्योदय से पूर्व का उजाला फैल चुका था।

'बहुत देर तक सोई रही आज, तबीयत तो ठीक है न,' सास ने अर्थपूर्ण निगाहों से उसकी ओर देखा।

'जी, वह रात को नींद देर से आई।'

'ध्यान रखा कर अपना, तू अकेली नहीं, मेरा पोता भी है तेरे साथ।

पंडितजी ने पहले ही कह दिया है मेरे बेटे के भाग में तो लड़का ही है।'

'पोता', वह एक बार फिर सिहर उठी, पति का रौद्र रूप वह रात को ही देख चुकी थी।

फिर दु:स्वप्न आने का जो सिलसिला चला, वह शिशु जन्म के साथ ही समाप्त हुआ। कभी स्वप्न आता, उसने एक नहीं दो-दो जुड़वाँ बेटियों को जन्म दिया है और उसके पश्चात् उसके पति व सास के सिर पर सींग उग आए हैं, जो उन नवजात बच्चियों की ओर तन गए हैं। कभी दिखता, उसने बहुत सुंदर बालक को जन्म दिया है, वह महारानी बनी सिंहासननुमा कुरसी पर बैठी है और सास अपने हाथों से उसे लड्डू खिला रही है।

स्वप्न समाप्त हो चुके थे, जीवन की कठोर हकीकत का सामना करना था। उसने एक बेटी को जन्म दिया था।

'इसकी ही किस्मत खराब थी, वरना पंडितजी ने मेरे सुरेंद्र की जन्मपत्री देखकर पहले ही कह दिया था लड़का होगा।' सास नवजीवन के आगमन पर भी रुदाली की भूमिका में थी। पास के गाँवों में ब्याही गई दो ननदें आईं, वे भी जली-कटी सुना गईं।

'क्या पुत्री को जन्म देना इतना बड़ा पाप है? उसकी सास, ननद और वह स्वयं क्या लड़की नहीं? अगर लड़की न हों तो जीवन कैसे चलेगा?' राजेश्वरी के मन में कई सवाल उठे, जिनका जवाब उसे तो पता था, लेकिन पुत्रमोह में पागल इन लोगों को वह समझा नहीं सकती थी।

सूतक हटाने के लिए हवन करना आवश्यक था तो करवा दिया, सबकी जली-कटी और कभी-कभार मार-पीट अब उसके जीवन का हिस्सा बन गया। किस्मत को भी न जाने उससे कौन सी दुश्मनी निभानी थी कि दो दिन के सामान्य से छाती दर्द ने ससुर की भी जान ले ली।

'निकालो इसे और इसकी बेटी को घर से बाहर, इसकी अपशकुनी ने पैदा होते ही मेरे पति को खा लिया, सूनी कर दी मेरी…।' सास का विलाप पूरे गाँव में गूँज रहा था और सहमी राजेश्वरी घर के एक कोने में नवजात बच्ची को छाती से चिपकाए बैठी थी। कुछ दिन मृत्यु शोक

में गुजरे, लेकिन इन दिनों में राजेश्वरी और उसकी बच्ची परिवार के सभी सदस्यों के निशाने पर रहीं।

राजेश्वरी जब अकेली होती, बच्ची को ध्यान से देखती, उसके सभी अंग सही सलामत हैं क्या? कहीं कुछ हो तो नहीं रहा इसको? उसने किसी कथा में सुना था कि एक हरे-भरे वृक्ष के समक्ष खड़े हो कुछ लोग नित्य उसे गालियाँ देते और कुछ ही समय में वह वृक्ष सूख गया, उसकी फूल सी बच्ची को तो यहाँ हर रोज कोसा जा रहा है, ऐसे में कैसे पनपेगी यह।

लेकिन प्रकृति को इस पुष्प का यों मुरझा जाना स्वीकार्य न था, इसलिए परिस्थितियाँ ऐसी बनीं कि इस माहौल से राजेश्वरी को निकलना पड़ा।

राजेश्वरी के पेट में अचानक उठी तीक्ष्ण पीड़ा, जब गाँव की डिस्पेंसरी से ठीक न हुई तो उसे लेकर शहर के अस्पताल आना पड़ा, तड़पती पत्नी को कुछ माह की बच्ची सहित सरकारी अस्पताल के बिस्तर पर छोड़ पति भाग खड़ा हुआ। हाँ, इतनी मानवता उसने अवश्य दिखाई कि जाते-जाते राजेश्वरी की बड़ी बहन, जो उसी शहर में थी, को सूचित कर दिया और फिर कभी पीछे मुड़कर न देखा।

छोटी सी प्राइवेट नौकरी में अपने चार प्राणियों के परिवार को पालने वाले जीजाजी ने कभी इस बात का एहसास न होने दिया कि राजेश्वरी और नन्ही श्रुति उन पर बोझ है।

'तेरा और तेरी बेटी का हक है उस घर पर, तुझे जाना चाहिए।' दीदी ने कहा।

'मरने के लिए हक जताना है वहाँ, इसको और इसकी बेटी दोनों को मार डालेंगे वे। हाँ, अगर तू अपनी इस बहन को बोझ समझ रही है तो भेज दे उस कसाईखाने में।' जीजाजी ने दो टूक कहा।

और इसके बाद उस घर में राजेश्वरी के जाने की बात किसी ने न कही। शहर से कुछ दूर वर्षों पूर्व दीदी के ससुर ने थोड़ी सी जमीन ली

थी, उसी पर जीजाजी ने छोटा सा घर बनाया। दीदी ने एक गाय पाली थी, राजेश्वरी ने जिद कर दो गाय और खरीदवाईं और पाँच-छह वर्ष बीतते-बीतते दोनों बहनों की मेहनत से उस क्षेत्र में शुद्ध दूध, घी बेचने वाली डेयरी के रूप में दोनों बहनें प्रसिद्ध हुईं।

वर्ष-दर-वर्ष बीते, इस बीच खबर मिली, श्रुति के पिता के दूसरे विवाह की। उस घर में पुत्र जन्म की, लेकिन राजेश्वरी ने कोई प्रतिक्रिया न दे।

प्रखर बुद्धि की श्रुति का बचपन में तो कुछ पता न चला, लेकिन उम्र बढ़ने के साथ-साथ ही उसे स्वत: पता चलता गया।

'मुझे कानून पढ़ना है माँ, तुम्हारे साथ हुए अन्याय की सजा दिलवानी है मुझे दोषी को।' बारहवीं तक विज्ञान की पढ़ाई करनेवाली श्रुति ने अचानक ही सुर बदल दिया।

'अब यह क्या रट पकड़ ली, किसे सजा दिलवानी है तुझे?'

'बनो मत माँ, सब पता है तुम्हें, जानती हो, तुम्हारी एक शिकायत पर नौकरी चली जाती उसकी, सलाखों के पीछे होता वह। पहली पत्नी के जीवित रहते दूसरी शादी करना गुनाह है, माँ।'

'उसकी!' राजेश्वरी चौंकी, यह कैसा शब्द है। इतना असम्मान तो नहीं प्रकट करना चाहिए श्रुति को।

'श्रुति, रिश्ता नहीं तो उम्र का तो सम्मान कर, ऐसे संस्कार तो नहीं दिए मैंने तुझे।'

'सॉरी माँ!' श्रुति ने बातों को यहीं विराम दिया और बाहर निकल गई।

'बनो माँ तुम त्याग की प्रतिमूर्ति, लेकिन मैं तुम्हारी तरह सहनशील नहीं, जो हर अन्याय सहन कर लूँ।' उसने मन-ही-मन सोचा और उसकी मुट्ठियाँ तन गईं।

और आज उसका वही गुनहगार उसके सामने खड़ा था, लेकिन उसे पता तक न था।

'क्या बात है? दोनों बहनों में कुछ पक रहा है आज, खुशबू बाहर तक आ रही है।' और श्रुति का ठहाका कमरे में गूँज गया।

'तू तो दबे पाँव चली आई, हमें पता ही न चला।' राजेश्वरी के चेहरे का रंग उतर गया।

'मैं तो पूरे धूम-धड़ाके के साथ आई थी, लेकिन तुम दोनों इतनी एकाग्रता के साथ बातों में मशगूल थीं कि तुम्हें पता ही न चला। अच्छा बताओ, कैसा रहा मेरा पहला दिन?' श्रुति दोनों के बीच आकर बैठ गई।

'यह दूसरा केस क्या था? मेरी समझ में नहीं आया।' श्रुति को खाना परोसते हुए राजेश्वरी ने धीरे से पूछा।

'अरे, कुछ नहीं माँ! शराबी बेटा, बेटे के मोह में पागल बाप, ऐसा ही होना है इस परिस्थितियों में, बैंक से लोन लेकर बेटे को टैक्सी दिलवाई, एक बार एक्सीडेंट कर चुका है, अब बैंक की किस्त देने लायक भी नहीं। इसकी जमीन गिरवी पड़ी है उसमें। कहता है, मैंने नहीं की।'

'अब क्या होगा इसमें।' राजेश्वरी ने पूछ तो लिया, लेकिन पूछते ही सहम गई। श्रुति सोचेगी, क्यों इतनी रुचि ले रही है वह इस केस में।

'पता नहीं माँ, सबूत आएँगे तब पता चलेगा, लोग लड़कों को इतना बिगाड़ कैसे देते हैं, मेरी समझ में नहीं आता।' पुत्रमोह के कारण पिता के प्यार से वंचित श्रुति की स्वाभाविक प्रतिक्रिया थी।

राजेश्वरी ने मन से कभी पति का बुरा न सोचा, न ही उसके विरुद्ध कोई काररवाई की, तो क्या अब प्रकृति स्वाभाविक न्याय कर रही थी। जिस बेटे की चाह में उसने पत्नी और बेटी को लावारिस छोड़ दिया, उसी बेटे ने उसे सलाखों के पीछे पहुँचाने की स्थिति में ला दिया और प्रकृति का यह कैसा संयोग हैं कि जिस बेटी को जन्म लेते ही त्याग दिया, आज उसी के सामने वह हाथ जोड़े खड़ा था।

श्रुति तो इस केस को अगली तारीख तक के लिए भूल गई, लेकिन

न ही राजेश्वरी इसे भूली और जिसका केस था वह तो क्यों भूलता।

क्या इस व्यक्ति ने यह जानने की कोशिश नहीं की होगी कि जिसकी अदालत में उसका केस चल रहा है, उससे बात की जा सके। जेल जाने और रोजी-रोटी छिनने के भय से इनसान हर प्रयास करता है और वही सुरेंद्र सिंह ने भी किया।

दूसरी ही पेशी में अपने पैरों से खिसकती जमीन देख सुरेंद्र ने जज के बारे में पता किया तो उसके पैरों से बची-खुची जमीन भी खिसक गई।

'पैर पकड़ ले दोनों के जाकर, बीबी है तेरी, माफ कर देगी तुझे।' मित्र ने समझाया।

'पैर पकड़ ले? वह भी पत्नी और बेटी के?' उसने मन-ही-मन सोचा, पुरुषत्व आहत हुआ, लेकिन साथ ही डर भी लगा, इस गुनाह में उसकी गलती नहीं, पुत्र की करतूतों की सजा मिल रही है उसे। वह बरी हो गया तो पहले से ही मद्धिम हो चुके घर के चिराग की लौ और घट जाएगी और अगर उसने एक बार फिर पुत्रमोह में पड़ उसे बचाने की सोची तो स्वयं जेल जाएगा।

यह गुनाह उसने नहीं किया, शायद बच भी जाए, लेकिन पूर्व में जो गुनाह उससे हुआ है, क्या उससे बच पाएगा अब। उस गुनाह को आज सब लोग भूले हुए हैं, सब अपनी-अपनी जिंदगी अपनी तरह से जी रहे हैं, वह अब क्यों उस भूले हुए गुनाह की याद दिलाए? और अंततः उसने निर्णय लिया कि वह श्रुति के पास नहीं जाएगा।

'तेरे उन दो केसों का क्या हुआ, जो पहले दिन आए थे?' राजेश्वरी ने चतुराई से पूछा।

'एक में तो सजा हो जाएगी, ऐसा लगता है, लेकिन दूसरा वाला बच जाएगा।'

'वो कैसे?'

'उसके बेटे ने गुनाह किया है, उसे सजा होगी।' श्रुति का चेहरा निर्विकार था।

'तो इसे पता नहीं चला, ईश्वर का लाख-लाख शुक्र है। और पता चल जाता तो कहीं पूर्वग्रह से ग्रसित श्रुति न्याय न कर पाती।' राजेश्वरी ने गहरी साँस ली।

समय बीता सुरेंद्र के मुकदमे का फैसला हुआ, वह बरी हुआ और फर्जी दस्तावेज पेश करने के जुर्म में बेटे को सजा।

'इस लड़की को पता होता कि मैं कौन हूँ तो अवश्य मुझे ही सजा देती।' उसने सोचा।

जिस पुत्र के लिए उसने पत्नी और बेटी को तिलांजलि दी, वही बेटी आज माँ का गौरव बढ़ा रही है और पुत्र-पिता का सिर नीचा कर रहा है। राजेश्वरी आज समाज में सिर ऊँचा किए खड़ी और उसका सिर शर्म से झुक गया है। अपने किए की सजा उसे सरकारी कानून ने तो न दी, लेकिन प्राकृतिक न्याय ने उसे जीवन भर की मौत दे ही दी है।

मन में विचार आया, एक बार राजेश्वरी से मिले, श्रुति से मिले, उसका धन्यवाद भी करे और क्षमा भी माँग ले। शायद बाकी बचे जीवन में मन पर पड़ा बोझ कम हो सके। पुरुषत्व की कमर टूट चुकी थी, अकड़ ढीली पड़ गई थी और इसी मनोदशा में वह एक दिन राजेश्वरी के द्वार पर खड़ा था।

'क्यों आए हो यहाँ? मेरी बेटी को पता नहीं है कि तुम कौन हो, उसके जीवन में जहर मत घोलो अब। ऐसा न हो कि एक केस से बरी हुए हो, लेकिन दूसरे में फँस जाओ।' द्वार पर वर्षों बाद खड़े अपने पति को देख राजेश्वरी चौंक गई थी और जीवन में एक नया तूफान आने की आशंका से भयभीत भी हो उठी। अच्छा हुआ श्रुति ने द्वार नहीं खोला।

'मैं इन्हें जानती हूँ, माँ, तुम्हारी और मौसी की बातें पहले दिन ही सुन ली थीं मैंने।' पीछे से श्रुति का स्वर उभरा तो दोनों का चेहरा श्वेत पड़ गया।

'जो गुनाह आपने नहीं किया, उसकी सजा मैं आपको नहीं दे सकती थी, ऐसे संस्कार दिए हैं मेरी माँ ने मुझे और जो गुनाह आपने किया है, उसके लिए मेरी माँ आपको वर्षों पूर्व माफ कर चुकी है, फिर मैं सजा देने वाली कौन?' कहकर श्रुति अंदर चली गई, राजेश्वरी और सुरेंद्र, दोनों द्वार पर प्रस्तरखंड बने खड़े थे।

□

वक्त की ठोकर

घनश्याम ऐंड कंपनी का मैनेजर रामप्रसाद शर्मा अपने कक्ष में मेज पर पड़ी एक-एक फाइल देख रहा था, तभी चपरासी अंदर आया।

'साहब, आपसे मिलने कोई आया है।' उसने बड़े अदब से पूछा।

'अंदर भेज दो।' रामप्रसाद ने बिना गरदन उठाए ही कहा।

दरवाजा खुला तो सामने एक व्यक्ति खड़ा था। उसके चेहरे की स्थिति आँधी में खड़े उस वृक्ष की तरह थी, जिसका तूफान गुजर जाने के पश्चात् स्वरूप ही बदल गया हो। बढ़ी हुई अधपकी खिचड़ी जैसी दाढ़ी-मूँछ, आँखें धँसी हुई और बढ़े हुए अस्त-व्यस्त बाल बता रहे थे कि वह बहुत मजबूर और परेशान है।

रामप्रसाद के चेहरे पर नजर पड़ते ही वह ऐसे चौंका, जैसे कोई अजूबा देख लिया हो। रामप्रसाद ने भी उसे गौर से देखा तो उसकी बढ़ी हुई दाढ़ी-मूँछों के पीछे का चेहरा उसे कुछ जाना-पहचाना सा लगा।

'बताइए?' रामप्रसाद ने उसे पहचानने की कोशिश करते हुए कहा।

वह रामप्रसाद के थोड़ा निकट आ गया और बोला, 'मैं सुरेश हूँ, तुम्हारा बड़ा भाई!'

सुनते ही जैसे बिजली का करंट लग गया हो रामप्रसाद को। उछलकर खड़ा हो गया वह।

'अरे भैया आप? आपकी यह हालत कैसे हो गई?'

वह कुछ नहीं बोला।

पंद्रह वर्ष का समय कम नहीं होता, इतने वर्षों बाद उसने भाई की शक्ल देखी थी। रामप्रसाद ने उसे दोनों बाजुओं से पकड़कर कुरसी पर बैठाया—'आप आराम से बैठो। घर में तो सब ठीक हैं न?'

वह कुरसी पर धीरे से ऐसे बैठा मानो पुलिस के सामने अपराधी।

'नहीं, कुछ भी ठीक नहीं है।' वह थूक गटककर बोला, 'अच्छा, तुम हो यहाँ के मैनेजर?'

'हाँ, मैं ही हूँ।' रामप्रसाद बोला।

'फिर तो मैं गलत जगह आ गया हूँ।' सुरेश जैसे अपने आप में ही बोला।

'क्यों क्या हुआ? कुछ बताइए तो सही।' रामप्रसाद ने आग्रह कर पूछा।

'नहीं, मैं तो तुम्हारा अपराधी हूँ, तुमसे कैसे मदद माँग सकता हूँ।' हकलाया जैसा था सुरेश।

'अरे, छोड़ो भैया वे पुरानी बातें। मैं तो भूल गया हूँ सबकुछ।' रामप्रसाद ने ऐसे लापरवाही से कहा जैसे सचमुच में सबकुछ भूल गया हो, लेकिन सच बात तो यह है कि वह कड़वी यादें आज भी उसके जेहन में बसी हुई हैं, जब सुरेश ने उसे धक्का मार-मारकर घर से बेदखल कर दिया था। आखिर भूल भी कैसे सकता था वह।

पोलियो की बीमारी के कारण बचपन में ही एक पैर खराब हो गया था रामप्रसाद का। पढ़ने-लिखने में ठीक था, अतः पिता ने उसे पूरा मौका दिया पढ़ने का। बी.ए. पास कर लिया था रामप्रसाद ने और अब एम.ए. की तैयारी कर रहा था।

उससे तीन वर्ष बड़ा था सुरेश, शादी हो चुकी थी उसकी और किसी प्राइवेट कंपनी में नौकरी कर रहा था। रामप्रसाद आगे पढ़ना चाहता था, किंतु एक-एक कर एक वर्ष के अंदर माता और पिता दोनों चल बसे। अब सुरेश पूरी तरह भाई पर निर्भर हो गया था, इसलिए उसने पढ़ाई का विचार त्यागकर नौकरी की तलाश करनी शुरू कर दी थी। इसके लिए वह

शहर आने-जाने और फॉर्म इत्यादि भरने के लिए भाई से ही पैसे माँगा करता था।

रामप्रसाद ने यह महसूस किया कि माँ-पिताजी के मरने के पश्चात् भाभी का स्वभाव उसके प्रति तेजी से बदलता चला गया था, बात-बात में ताने देना और जरा सी गलती पर फटकार मारना उसकी आदत बन गई थी।

'भाभी, एक कप चाय बना देना जरा।' पढ़ाई करते हुए उसने एक दिन भाभी से कह दिया था।

'जाकर बना लो, मेरे पास तो फालतू का समय नहीं है।' भाभी ने बेरुखी से कहा तो वह खुद ही किचन में चाय बनाने चला गया। लँगड़ाकर चलना पड़ता था उसे, चाय लेकर जैसे ही वह बाहर आ रहा था तो नीचे पायदान में पैर उलझ गया। चाय का कप हाथ से छूटकर फर्श पर टूट गया और सारी चाय फर्श पर फैल गई। फिर क्या था, भाभी आग बबूला हो उठी।

'अपने बच्चों का पेट काटकर तुझे खिला-पिला रहे हैं और तू इस तरह से चीजों का नुकसान कर रहा है।'

'भाभी, मैंने जान-बूझकर तो नहीं गिराया।' रामप्रसाद ने सफाई दी।

'टाँग तो टूटी हुई है तेरी, पर हाथ तो नहीं टूटे हैं न।' भाभी ने जैसे डंक मारा हो।

रामप्रसाद को भी बुरा लग गया—'तो कौन सी बड़ी बात हो गई, मेरे ही भाई की कमाई तो है न।'

इतना सुनना था कि भाभी का गुस्सा सातवें आसमान पर पहुँच गया।

'अब तेरी जुबान भी चलने लगी है?' उसने बेलन उठाया और रामप्रसाद के सिर पर मारने को हुई, किंतु बीच में ही रामप्रसाद ने उसका हाथ पकड़ लिया।

लेकिन तभी सुरेश भी घर के अंदर दाखिल हो गया, अंदर का दृश्य देखकर वह अचंभित हो गया।

'क्या तमाशा लगा रखा है यहाँ।' वह दोनों को डपटते हुए बोला।

'अजी देख लो! लाट साहब ने चाय का कप तोड़ डाला। जरा सा क्या बोला कि मुझ पर ही हाथ उठा दिया।' भाभी ने तुरंत त्रियाचरित्र दिखाते हुए पति के निकट आकर आँखों में आँसू भरकर शिकायत की।

इतना सुनना था कि सुरेश ने बिना सोचे-समझे उस पर थपड़ बरसाने शुरू कर दिए। चुपचाप मार खाता रहा रामप्रसाद, उफ तक नहीं की। सुरेश जब थक गया तो उसे धक्के मारकर दरवाजे से बाहर कर दिया—'घर में बैठे-बैठे तुझे मस्ती चढ़ गई। काम-धाम कुछ करता नहीं। चल, निकल यहाँ से, बाहर के धक्के खाएगा तो आटे-दाल का भाव मालूम पड़ेगा।'

और फिर उसने भड़ाम से किवाड़ बंद कर दिए। रामप्रसाद अपाहिज होने के बावजूद स्वाभिमानी था। अगले ही पल उसने फैसला कर लिया कि वह इस घर में दुबारा कदम नहीं रखेगा। लँगड़ाता हुआ वह बस अड्डे की ओर निकल पड़ा और देहरादून की बस में बैठ गया। वहाँ तक जाने के लिए पैसे थे उसकी पॉकेट में। शहर पहुँचकर पहली रात वह बस अड्डे पर ही सो गया। उसी की तरह के अनेक लोग वहाँ इधर-उधर सोये हुए थे।

उसने खाना भी नहीं खाया, इस डर से कि न जाने कितने दिन यहाँ ऐसे ही रहना पड़ेगा, इसलिए कुछ तो पैसे अपनी जेब में चाहिए ही। दूसरे दिन वह सुबह बस अड्डे से निकल पड़ा। उसके गाँव का एक दोस्त प्रदीप किसी मंत्रीजी की कोठी पर रहता था। मंत्रियों की कोठियों पर प्रदीप का पता पूछते-पूछते वह आखिर उस तक पहुँच ही गया।

प्रदीप को उसने सारी कहानी बताई और मदद करने के लिए कहा। प्रदीप ने उससे कहा, 'देख यार! मैं रुपए-पैसे में तो तेरी कुछ मदद नहीं कर सकता, लेकिन जब तक तेरी कुछ व्यवस्था होती है तब तक तू यहीं सर्वेंट क्वार्टर में मेरे साथ रह ले।'

शहर में सिर छुपाने को जगह मिल जाए तो यही बहुत है। रामप्रसाद

के लिए इतना सहारा काफी था। अब वह सुबह रोज काम की तलाश में बाहर निकलता और दर-दर की ठोकर खाकर सायं को प्रदीप के पास पहुँच जाता, उसकी जेब में पड़े रुपए अब समाप्त होने को थे। उसकी स्थिति देखकर एक दिन प्रदीप उससे बोला, 'देख यार, ऐसे कब तक भटकता रहेगा तू। ऐसा कर मैं तुझे लोन पर कुछ रुपए दिला देता हूँ और तू यहीं कॉलोनी के गेट पर चाय की ठेली लगा ले।'

बात रामप्रसाद की समझ में भी आ गई। प्रदीप ने अपनी गांरटी पर उसे किसी से ब्याज पर पाँच हजार रुपए दिला दिए और कॉलोनी में ही बात करके ठेली लगाने की जगह भी दिला दी।

दो-तीन दिन में ही सारा प्रबंध हो गया था सामान का। एक ठेली, एक दर्जन कप, स्टोव, केतली, फ्राइपैन, अंडों की क्रेट और बंद, बिस्कुट। सबकुछ पाँच हजार के अंदर-अंदर आ गया था।

किस्मत जब परीक्षा लेती है तो कदम-कदम पर ठोकरें मिलती हैं। यही कुछ रामप्रसाद के साथ भी हुआ। पहले ही दिन जैसे उसने ठेली की शुरुआत की, एक लंबी सी गाड़ी उसकी ठेली को टक्कर मारते हुए तेजी से निकल गई। ठेली भी बुरी तरह टूट गई और सारा सामान भी सड़क पर बिखर गया। रामप्रसाद के भी सारे सपने बिखर गए हों जैसे। आँखों में आँसू आ गए उसके। सड़क पर बिखरा सामान अब उसके किसी मतलब का नहीं रह गया था। डबडबाई आँखों से वह कभी टूटी हुई ठेली को देखता तो कभी टूटे हुए कप-गिलास एवं बिखरी हुई चाय-चीनी को।

अब उसने ठेली लगाने का विचार त्यागकर सारा सामान औने-पौने दामों में कबाड़ी को बेच दिया।

अब बुरी तरह टूट गया था वह, एक तो ठौर-ठिकाना कुछ नहीं और ऊपर से सिर पर कर्जा भी, आखिर कब तक वह प्रदीप पर बोझ बना रहेगा, वह विक्षिप्तों जैसी स्थिति में आ गया था।

सायं का धुँधलका धीरे-धीरे अँधेरे में बदलता जा रहा था। गांधी पार्क की उस बैंच पर वह पिछले दो घंटे से चुपचाप बैठा विचारों में मग्न

था। उसके अतिरिक्त अब कोई भी उस पार्क में नहीं बैठा था, इक्के-दुक्के लोग इधर-से-उधर टहलते हुए चहल-कदमी कर रहे थे।

टहलते हुए एक बुजुर्ग उसके पास से गुजरते हुए अचानक ठिठक गए। वह अपनी विचार तंद्रा में डूबा हुआ उनके सामने खड़े होने का आभास भी नहीं कर पाया।

'सुनो!' बुजुर्ग ने कहा।

'जी!' चौंककर देखा उसने। ट्रैक सूट पहने एक संपन्न उम्रदराज आदमी उसके सामने खड़ा था।

'क्या नाम है तुम्हारा?' पूछा बुजुर्ग ने।

'जी…जी, मेरा नाम रामप्रसाद है।'

'क्या करते हो?'

'जी कुछ नहीं, बी.ए. पास हूँ। काम की तलाश कर रहा हूँ कई दिनों से।'

'कहाँ के रहनेवाले हो और यहाँ कैसे पहुँचे, कुछ बताओ अपने बारे में।' अपनत्व से पूछा उन्होंने। रामप्रसाद ने अपने बारे में और अपने साथ हुई घटना के बारे में बता दिया।

'सचमुच काम चाहिए तुम्हें?' पूछा बुजुर्ग ने।

'जी हाँ, जी हाँ!' रामप्रसाद को अपने जीवन के अंधकार में आशा की एक किरण दिखलाई दी हो जैसे।

'चलो मेरे साथ।' बुजुर्ग बोला।

और रामप्रसाद बिना कुछ बोले यंत्रवत् उनके पीछे चल दिया। वे उसे कार में बैठाकर अपनी कोठी पर ले आए और कोठी के पीछे बने कमरों में से एक कमरा उसे रात रहने के लिए दे दिया। रामप्रसाद इस मेहरबानी की वजह समझ नहीं पाया। उसने सुना था कि शहर में तो कोई किसी को बिना मतलब नमस्कार भी नहीं करता, लेकिन रामप्रसाद को वजह जानने की आवश्यकता भी नहीं थी इस समय। उसे तो काम चाहिए था, कैसा भी काम हो, सब करने के लिए तैयार था वह।

सुबह घनश्याम दासजी उसे अपने साथ कार में बैठाकर शहर से कुछ किलोमीटर दूर अपनी कंपनी में ले गए। घनश्याम दास ऐंड कंपनी के नाम से चूना, डिस्टैंपर और पेंट बनाने का बड़ा कारखाना था यह। छोटे-बड़े सब मिलाकर एक सौ से अधिक कर्मचारी थे वहाँ। वहाँ उसे स्टोर कीपर के सहायक के रूप में नौकरी दे दी। रामप्रसाद ने फिर पीछे नहीं देखा। बी.ए. पास तो था ही, अपनी मेहनत और लगन से धीरे-धीरे उसने प्रगति की सीढ़ियाँ चढ़नी शुरू कीं।

पहले स्टोर कीपर और फिर सहायक मैनेजर के पद पर प्रोन्नति हो गई उसकी। घनश्याम दासजी का विश्वास भी अर्जित कर लिया था उसने। मैनेजर के सेवानिवृत्त होने के बाद घनश्याम दासजी ने उसे मैनेजर बना दिया।

अब उसके पास सबकुछ था। गाड़ी, बँगला और नौकर भी, लेकिन कभी-कभी यह एकाकी जीवन उसे काटने को दौड़ता और फिर उसे घर की याद आने लगती। साथ ही वे कड़वी यादें भी उसके जेहन में उभर आतीं, कई बार मन होता कि घर जाए, लेकिन वह वापस जा नहीं सकता उस घर में। जाते हुए कहकर गया था।

'ठीक है, जा रहा हूँ, कभी नहीं आऊँगा लौटकर।'

उस घटना को तब से आज तक भूल नहीं पाया था रामप्रसाद।

'क्या तुम सचमुच भूल गए हो? मतलब तुमने माफ कर दिया मुझे?' अचानक सुरेश के कहे इन वाक्यों ने रामप्रसाद की विचार तंद्रा तोड़ दी।

'आप कैसी बात करते हैं, भैया। उस बात को छोड़ो, अब यह बताओ कि यहाँ तक कैसे पहुँच गए?' रामप्रसाद ने पूछा।

'दरअसल जिस कंपनी में मैं नौकरी करता था, वह दिवालिया हो गई, पिछले एक साल में दर-दर नौकरी पाने के लिए ठोंकरें खा रहा हूँ। बच्चों की फीस नहीं गई तो उनका स्कूल भी छूट गया। पड़ोसियों और रिश्तेदारों का काफी कर्ज हो गया। तुम्हारी भाभी छत पर कपड़े सुखाते समय सीढ़ियों से गिर गई, एक हाथ और पाँव टूट गया उसका। उससे भी

कोई काम नहीं होता, बस बिस्तर पर पड़ी रहती है। परेशान हो गया हूँ मैं जिंदगी से। आखिरी कोशिश के रूप में काम माँगने इस कंपनी में आया था। मुझे मालूम नहीं था कि तुम यहाँ पर···।' अपना वाक्य पूरा नहीं कर पाया था सुरेश, आँखों में आँसू छलक आए थे उसके।

'आप सही जगह पर आ गए हो भैया, मैं अभी मालिक से तुम्हारी नौकरी की बात करता हूँ। आप चिंता न करें, सब ठीक हो जाएगा। अब आप भाभी और बच्चों को भी यहीं ले आना, इतना बड़ा घर पड़ा है आपका।' रामप्रसाद ने उसे सांत्वना दी।

अपने आपको रोक नहीं पाया सुरेश और रामप्रसाद से लिपट गया— 'पगले, तू कितना महान् है और हमने तेरे साथ क्या अन्याय नहीं किया।'

अगले ही पल वे दोनों मालिक के सामने थे।

'तो ये ही हैं तुम्हारे भाई, जिन्होंने तुम्हें घर से निकाल दिया था।' घनश्याम दासजी ने सुरेश को ऊपर से नीचे तक निहारा। सुरेश इस तरह सिर झुकाए खड़ा था, मानो उसे फाँसी की सजा सुनाई जाने वाली हो।

'तुमने अपनी पत्नी के बहकावे में आकर बिना कुछ सोचे-समझे अपने भाई को घर से निकाल दिया। यह भी नहीं सोचा कि एक अपाहिज घर के बाहर बिना सहारे के कैसे जी पाएगा।'

चुपचाप सुनता रहा सुरेश। घनश्याम दास आगे बोले, 'पहली ठोकर तुमने दी इसे और जब यह सँभलने की कोशिश कर रहा था तो दूसरी ठोकर मेरी गलती से इसको लगी।'

'आपकी गलती?' अब चौंकने की बारी रामप्रसाद की थी।

'हाँ, तुम्हारी ठेली को जिस कार ने टक्कर मारी थी, वह मेरी ही थी। मैंने जब तुम्हें पार्क में देखा तो पहचान लिया और तुम्हें काम दे दिया, लेकिन यह बात मैंने आज तक तुम्हें इसलिए नहीं बताई कि तुम मुझे अपराधी समझते और नौकरी को अपना हक, फिर तुम मेहनत नहीं करते और इस मुकाम पर नहीं पहुँच पाते।'

रामप्रसाद ठगा सा घनश्याम दासजी का मुँह देख रहा था, आज उसे

घनश्याम दासजी के प्रति श्रद्धा हो आई, जबकि सुरेश नजरें नीची किए हुए अपराधी जैसा खड़ा था।

'देख लिया नतीजा, अपनों को ठोकर मारने का, जिंदगी ने स्वयं तुमको ठोकर मार दी। आइंदा ध्यान रखना, इनसान की दी हुई ठोकर से एक बार आदमी सँभल जाता है, लेकिन वक्त की ठोकर से सँभलना मुश्किल होता है। अब जाओ और आज से ही अपनी ड्यूटी शुरू करो।' फिर वह रामप्रसाद से बोले, 'रामप्रसाद! इनको स्टोर कीपर सहायक के पद पर नौकरी पर रख लो।'

सुरेश ने घनश्याम दासजी के पैर छुए और फिर रामप्रसाद से लिपट गया। उसे आज वक्त की ठोकर से सँभलने का बड़ा मौका मिला था।

□

बसंतो

शाम का धुँधलका गहराने लगा तो बसंतो ने भी काम-काज समेटना आरंभ किया। सामने एक मेडिकल कॉलेज और आसपास कुछ और छोटे-बड़े स्कूल। उपलब्ध बाजार को ध्यान में रखते हुए मालिक ने यहाँ एक साइबर कैफे खोल दिया था।

इंटरनेट के साथ-साथ प्रिटिंग, फोटो कॉपियर, सभी कुछ उपलब्ध था। अकसर छात्र-छात्राओं का ताँता लगा रहता और इसी साइबर कैफे को सँभालने का जिम्मा था बसंतो का।

अभी उसे एक घंटे का सफर बस या टैंपो से कर घर पहुँचना था। शहर से लगभग बीस-पच्चीस कि.मी. दूर ग्रामीण क्षेत्र में छोटा सा घर था उसका। मूलतः पहाड़ी क्षेत्र के रहनेवाले उसके पति के दादाजी सेना से सेवानिवृत्ति के पश्चात् यहीं बस गए थे।

'कैसा गाँव है ये? गाँव जैसा लगता ही नहीं, न सुबह-शाम चिड़ियों की चहचहाहट, न घास-लकड़ी के जंगल, न जंगली जानवरों का डर। यहाँ से तो रात को तारे भी नहीं दिखते। हमारे गाँव से तो ऐसा लगता था जैसे मोतियों का थाल उलटा कर दिया हो।' ब्याहकर इस शहरी गाँव में आई बसंतो पहले-पहल दिग्भ्रमित सी लगती।

'हाँ-हाँ, अनोखा है तेरा गाँव तो।' इसी शहरी गाँव में पैदा हुआ, पला-बढ़ा उसका पति कहता।

कुछ समय बीता, बसंतो भी इस माहौल में ढलती गई। यों तो पति

कहने को ग्रेजुएट था, लेकिन नौकरी न मिली, पिता ने अपने जीवन भर की कमाई से पुत्र को एक टैक्सी दिवा दी। कभी लोकल और कभी लंबी यात्रा पर टैक्सी चला, वह इतना तो कमा ही लेता कि जीवन की गाड़ी के पहिए खिंच जाते। पिता की मृत्यु के पश्चात् उनकी पेंशन माँ के नाम पर हो गई। अब तक बसंतो दो बच्चों की माँ बन चुकी थी।

जीवन सदा एक सा नहीं रहता और कभी-कभी तो ऐसे उतार-चढ़ाव आते हैं, जो जीवन की दशा-दिशा सब बदल देते हैं। बसंतो का जीवन भी इससे अछूता न रहा। एक हल्की सी झपकी और गाड़ी कई मीटर गहरे खड्ड में, परखच्चे उड़ गए थे गाड़ी के और पति रीढ़ की हड्डी की घातक चोट के बाद बच तो गया, लेकिन सदा के लिए अपाहिज हो गया, अब वह या तो बिस्तर पर रहता या व्हील चेयर पर। जमा-पूँजी से अधिक इलाज में खर्चा हो गया, गाड़ी की बीमा राशि उधार चुकाने में गई।

अब बसंतो पर थी अपाहिज पति व दो बच्चों की जिम्मेदारी और संसाधन के नाम पर सास की पेंशन। पति की मृत्यु और इकलौते पुत्र के अपाहिज होने से तन-मन दोनों से टूटी वृद्धा, यदि इस समय इस परिवार को छोड़ गई तो? विकट प्रश्न, बसंतो अंदर तक काँप गई। जवान औरत, पति अपाहिज, छोटे बच्चों की जिम्मेदारी! सहानुभूति जताने वाले लोग भी कम न थे। आँखों की भाषा ऐसी कि बसंतो को लगता, अंग-अंग का एक्सरे ले रहे हैं।

लेकिन इससे डरकर घर बैठ जाना पलायन था। अपने साथ-साथ पति-बच्चों का भविष्य खराब करना था। बारहवीं तक की पढ़ाई की थी उसने, उसके बाद विवाह हो गया। इस शैक्षिक योग्यता में नौकरी भी क्या मिलती।

प्रयासों में ईमानदारी हो तो सफलता देर-सवेर मिल ही जाती है। दुनिया अच्छे-बुरे दोनों तरह के लोगों से भरी पड़ी है और ऐसे ही एक अच्छे इनसान ने बसंतो को नई राह दिखाई। कस्बे के ही एक बुजुर्ग ने उसे अपने जनरल स्टोर पर कुछ घंटे काम करने को कहा तो बिना किसी

झिझक के बसंतो ने हाँ कह दी। सास और पति का सहयोग उसे मिल रहा था तो बाहर किसी की परवाह वह क्यों करती?

उसे दुकान पर बैठे देख महिला ग्राहक अधिक आने लगीं। उसने मालिक को महिलाओं से संबंधित सामान रखने का सुझाव दे डाला। कुछ ही महीनों में दुकान की बिक्री बढ़ी और बसंतो की लोकप्रियता भी।

एक वर्ष बीता, अट्ठाईस वर्ष की बसंतो, छह और चार वर्ष के दो बच्चों की माँ बसंतो, बिस्तर पर पड़े अपाहिज पति की पत्नी बसंतो, घर के बड़े संरक्षक की भूमिका निभाती बसंतो, अपनी इच्छाओं-अपेक्षाओं का दमन करती बसंतो और इसके बाद भी सदा मुसकराती, प्रसन्न रहती बसंतो, जिसके चेहरे पर किसी ने कभी शिकन न देखी। ऐसी थी बसंतो।

पति की मृत्यु और पुत्र के अपाहिज होने के बाद एक समय मरने की दुआ करती बसंतो की सास अब जीना चाहती थी। वह जीना चाहती अपनी बहू का घर सँभालने के लिए, उसके बच्चों को पालने के लिए।

इस बीच एक और व्यक्ति का बसंतो के जीवन में एक मित्र, मार्गदर्शक की भाँति पदार्पण हुआ और वह था गाँव का ही पैंतीस-चालीस वर्षीय व्यक्ति जगदीश। हर किसी के सुख-दुःख में शामिल होने वाला जगदीश गाँव भर में नेताजी के नाम से मशहूर था।

एक बार ग्राम प्रधान रह चुका जगदीश दो-तीन बार चुनाव हार भी चुका था, लेकिन उम्मीद का दामन उसने छोड़ा न था। जिस दुकान पर बसंतो काम करती, वहाँ के लिए पास के शहर से सामान की सप्लाई का काम भी करता था।

पंचायत चुनाव नजदीक थे, जगदीश इस बार चुनाव लड़ने की पूरी तैयारी में था, लेकिन ऐन वक्त पर उसकी उम्मीदों पर तुषारापात हो गया। यह सीट महिला उम्मीदवार के लिए आरक्षित हो गई।

'बसंतो, इस बार प्रधान का चुनाव तू लड़, मैं काम करूँगा तेरे लिए।' एक अप्रत्याशित प्रस्ताव लेकर जगदीश उसके सामने खड़ा था। यह तो बसंतो के लिए आकाशकुसुम तोड़ने जैसा था।

‘मैं?’ बसंतो आश्चर्यचकित थी।

‘तू!’ उसका पति आश्चर्यचकित था।

‘ये सब हमारे लिए नहीं। पैसा भी खर्च होता है और ये लाइन महिलाओं के लिए नहीं।’ उसने समझाया।

‘तू क्यों चिंता करता है, मैं हूँ इसके साथ और फिर तुझे नहीं पता, कितनी लोकप्रिय है बसंतो पूरे गाँव में। अरे, यह तो बिना पैसा खर्च किए ही जीत जाएगी।’ बसंतो के पति को समझाने अगले दिन जगदीश घर पर था।

कोई यह कहे कि उसे अपनी प्रशंसा सुनना अच्छा नहीं लगता, तो इससे बड़ा झूठ कोई दूसरा नहीं। अपनी प्रशंसा सुन बसंतो खुश थी और इसी खुशी में उसने पति को किसी तरह चुनाव लड़ने को मना ही लिया।

बसंतो जीत गई, खुशी के मारे उसके कदम जमीन पर न पड़ते। पति के अपाहिज होने के बाद अंतर्मन से दुःखी बसंतो पहली बार इतनी प्रसन्न थी कि आँखों से दो बूँद आँसू निकल आए।

‘देखा, आखिर मैंने तुझे प्रधान बना ही दिया।’ जगदीश की गर्वीली उक्ति पर तो बसंतो ने उस दिन ध्यान न दिया, लेकिन वर्ष बीतते-बीतते बसंतो समझ गई कि वह तो जगदीश के हाथ की कठपुतली मात्र है।

‘जीत तो गई मैं, लेकिन मुझे कुछ आता नहीं।’ बसंतो पहले-पहल हस्ताक्षर करते हुए घबराई।

‘तू चिंता मत कर, मैं सब सिखा दूँगा।’ जगदीश चट्टान की भाँति उसके साथ खड़ा था।

छह महीने सीखने में बीते, जगदीश ने जैसा कहा, जहाँ कहा, वहाँ हस्ताक्षर कर दिए। प्रशंसा करनेवालों की भीड़ ने कानों को यों गुंजायमान किए रखा कि आलोचनाएँ उस नक्कारखाने में कहीं खो सी गईं।

‘बेटी, अब तो तुझे दुकान पर काम करने की आवश्यकता नहीं। मुझे किसी और मेहनती व्यक्ति को ढूँढ़ने का समय अवश्य देना।’ दुकान स्वामी ने कुछ ही माह पश्चात् अर्थपूर्ण स्वर में कहा।

'आपको किसी को खोजने की जरूरत ही नहीं पड़ेगी, चाचाजी, मैं क्यों भला आपकी दुकान का काम छोड़ूँगी।' बसंतो की समझ में न आया, उन्होंने ऐसा क्यों कहा।

'मैंने सोचा, अब आवश्यकता न होगी।'

'अरे नहीं ताऊजी, कोई खजाना थोड़े ही हाथ लगा है।'

'लोग तो ऐसा ही कहते हैं।' उन्होंने मन-ही-मन कहा।

'ये सड़क तो पिछले वर्ष ही बनी थी और अभी ठीक भी है।' जगदीश द्वारा दिए गए कागज पर हस्ताक्षर करने से पहले उसके हाथ रुक गए।

'पता है मुझे, चुनाव के समय कुछ लोगों का उधार हो गया था, उसे चुकाना है।' जगदीश का लापरवाह स्वर।

'तो क्या जनता के विकास के लिए जो पैसा आया है, उससे आप अपना कर्ज चुकाओगे?'

'अपना नहीं, तुम्हारा। चुनाव तुमने लड़ा था, मैंने नहीं।'

'लेकिन आपने तो कहा था, चुनाव में पैसा खर्च नहीं हुआ। आपकी मेहनत और मेरी लोकप्रियता··· ।'

'लोकप्रियता! मेहनत!' जगदीश ठठाकर हँस दिया।

'मैडम, ये राजनीति है, बिना पैसे के कुछ नहीं होता।' चेहरे पर विद्रूप मुसकान थी।

बसंतो जैसे आसमान से गिरी, पति का कथन याद आया, साथ ही याद आई जगदीश की चापलूसी भरी बातें, जिन्हें वह प्रशंसा समझ बैठी थी, अब क्या होगा? उसका चेहरा श्वेत पड़ चुका था।

उसके चेहरे के आते-जाते भावों को जगदीश ने पहचानने में भूल न की। परिंदा जाल में फँस चुका था, कितना फड़फड़ा पाएगा, यह जगदीश भलीभाँति जानता था।

'लोगों के एहसान और पैसा चुकाने के लिए यह सब तो करना ही पड़ेगा, और ऐसा नहीं कि तुम यह पहली बार कर रही हो।'

'लेकिन अब नहीं करूँगी।' बसंतो का स्वर दृढ था।

'ठीक है, मत करो। पिछले छह माह का कच्चा चिट्ठा खुलेगा तो जेल जाओगी।' परिंदे के आजाद होने की कोई गुंजाइश नहीं छोड़ी थी जगदीश ने।

उस रात बसंतो को नींद न आई, समझ गई थी कि जगदीश उसे पद देकर कठपुतली की तरह नचाना चाह रहा था।

'क्या अपनी डोर उसके हाथों में दे दे वह?' अपने मन से उसने प्रश्न किया।

'तो इसके अलावा विकल्प ही क्या है?' मन के एक कोने से आवाज आई।

'आगे से उसे भी कुछ मिलने लगेगा और उसके बच्चे आराम से पल जाएँगे।' मन की इस आवाज को दूसरी ओर से समर्थन भी मिला।

'लेकिन यह चोरी है, बेईमानी है, पद का दुरुपयोग है।' मन का दूसरा कोना अभी सोया न था।

'तो क्या वह त्यागपत्र दे दे? क्या उसके पति ने ठीक ही कहा था कि राजनीति महिलाओं के लिए नहीं।'

'हाँ, यही ठीक रहेगा।' निर्णय लेने के बाद उसे गहरी नींद आ गई।

'मैंने पहले ही कहा था तुम इस चक्कर में मत पड़ो, लेकिन अब भागना कायरता है। जो गलती हो गई, उसे स्वीकार करने की हिम्मत दिखाओ, मैं तुम्हारे साथ हूँ।' अगले दिन पति के मुँह से यह सुन बसंतो तो मानो एक बार फिर सातवें आसमान पर चढ़ी। अपाहिजता तन की होती है, मन की नहीं, उसने सोचा।

इसके बाद के कुछ माह शांतिपूर्वक गुजरे। जगदीश को लग रहा था, कठपुतली की डोर उसके हाथ में है और बसंतो बिना किसी विरोध के चुपचाप काम कर रही थी। जगदीश को भनक भी न लगी कि बसंतो के मन में क्या चल रहा है।

आनेवाला समय बिना पद के प्रधान बने रहने की ख्वाहिश रखनेवाले

जगदीश के लिए बुरे सपने से भी बुरा साबित हुआ। बसंतो पूरे सबूतों सहित जनता के समक्ष खड़ी थी, जाँच में जगदीश दोषी साबित हुआ और उसे जेल की कोठरी नसीब हुई।

तब से कुछ वर्ष बीत चुके हैं। अब बसंतो जिला पंचायत की सदस्य है। जिस दुकान पर वह काम करती थी, उसके मालिक की मृत्यु हो चुकी है। शहर में रहनेवाला उनका बेटा दुकान बेचकर जा चुका है। आजीविका के लिए बसंतो ने नया काम ढूँढ़ा और अब वह पास ही के शहर के इस साइबर कैफे में काम करती है। इसकी ईमानदारी और लगन से प्रभावित हो मालिक ने सबकुछ उसके हवाले कर दिया है, उनके अन्य भी बहुत से काम हैं।

'चुनाव ईमानदारी से नहीं जीते जाते।' इस मिथक को तोड़ा है बसंतो ने, और लोग कहते हैं कि उसकी छवि ऐसी है कि आनेवाले समय में उसे कोई पराजित कर पाए, ऐसा नजर नहीं आता।

बसंतो की सास की प्रार्थना ईश्वर ने सुन ली है। वह आज भी अपने बेटे, पोते-पोती का मजबूत सहारा है।

और हाँ, एक बात और, बसंतो को प्रधान पति, प्रमुख पति जैसे शब्दों से चिढ़ है, और चिढ़ है उन महिलाओं से भी, जो उनके हाथ की कठपुतली बनती हैं।

□

सजा तो मिलेगी

लेटे-लेटे श्यामलालजी को काफी देर हो गई थी, लेकिन नींद उनकी आँखों से कोसों दूर थी। सच तो यह है कि पिछले एक माह से वे चैन की नींद सोए ही नहीं थे। थोड़ी सी झपकी भी आती तो उसमें भी पुलिसवाले, थाना और जेल ही नजर आता, उतनी ही बार वे उस घड़ी को कोसते, जब उन्होंने बेटे विनय की मंगनी प्रिया से की थी। आफत ही मोल ले ली थी उन्होंने। विनय ने तो पहले ही कह दिया था कि लड़की मुझे कुछ तेज लग रही है, लेकिन उन्होंने ही किसी तरह विनय को तैयार कर लिया था। 'बेटा, तुम बहुत सीधे-साधे हो। तुम्हारे लिए तेज-तर्रार बहू ही चाहिए, परिवार में एक आदमी तो तेज होना ही चाहिए।'

रुकमा ने भी हाँ में हाँ मिलाई थी—'ठीक कहते हैं तेरे बापू। सीधे आदमी को तो दुनिया बेच देती है आजकल। अब अपने ही पिताजी को देख लो, मैं न समझाऊँ इन्हें तो ये दो दिन भी टिक नहीं पाते दुनिया के सामने।'

'अब तुम तो दुनिया की हर बात में मेरी टाँग खींचने लगती हो।' खीज गए थे श्यामलालजी।

विनय मुसकराए बिना नहीं रह सका था, जानता था कि माँ की बातों में सौ प्रतिशत सत्यता थी। सचमुच में बहुत सज्जन व्यक्ति थे उसके पिता श्यामलाल। दुनियादारी की हेरफेर और ऊँच-नीच की बहुत समझ नहीं थी उन्हें। सरलता और सादगी से अपना जीवन व्यतीत किया था उन्होंने।

उत्तर प्रदेश सरकार के स्वास्थ्य विभाग में फार्मेसिस्ट के पद पर कानपुर जिले के इर्द-गिर्द ही अपनी पूरी नौकरी की थी उन्होंने और अब रिटायरमेंट के बाद उत्तराखंड आकर एक छोटा सा मकान भी देहरादून में बना लिया था।

विनय से बड़ी एक और बहन थी, जिसकी शादी छह साल पहले कानपुर से ही कर दी थी उन्होंने। विनय ने भी उ.प्र. से एम.बी.ए. किया था और अब यहीं देहरादून में अपना ही छोटा सा व्यवसाय शुरू कर दिया था। घर से कुछ ही दूरी पर मुख्य सड़क के किनारे ही एक छोटी सी दुकान किराए पर लेकर उसमें साइबर कैफे, रेलवे एवं हवाई यात्रा की टिकट बुकिंग के साथ-साथ फोटोस्टेट और फैक्स की मशीनें भी रख दी थीं।

पैसा था नहीं श्यामलालजी के पास। मेहनत और ईमानदारी के साथ जो कुछ कमाया था, उसमें घर बना दिया था। अलग राज्य बनने के पश्चात् तो देहरादून में जमीनों के दामों में एकदम उछाल आ गया था, लिहाजा अपनी हैसियत के अनुसार छोटी सी जगह में ही सही, किंतु अच्छा सा मकान बना लिया था श्यामलालजी ने। रुकमा ने कंधे-से-कंधा मिलाकर हर जगह श्यामलालजी का साथ दिया, बल्कि ये कहें कि रुकमा ने ही श्यामलाल को इतना सबकुछ करने के लिए प्रेरित किया।

श्यामलाल के साथ कम संघर्ष नहीं किया था रुकमा ने। छोटी-छोटी बचत करके रखे गए चार लाख रुपए दुकान खोलने के लिए जब रुकमा ने विनय के हाथ में रखे थे तो श्यामलालजी का मुँह खुला-का-खुला रह गया था।

''तुम तो सचमुच में ही लक्ष्मी हो, कब से बचा रही थीं ये रुपए?''

''अजी मैं तभी तो कहती हूँ कि मैं न होती तो तुम एक दिन भी दुनिया के साथ नहीं चल सकते थे।'' रुकमा ने शेखी जताते हुए कहा तो झेंप गए थे श्यामलालजी।

जीवन सुखपूर्वक बीत रहा था। अब रुकमा ने विनय के लिए लड़की देखनी शुरू कर दी थी। एक, दो, तीन नहीं बल्कि कई जगह से जन्म कुंडलियाँ

और फोटो मँगा ली थीं उन्होंने लड़कियों की।

"देख तो, यह कैसी रहेगी तेरे लिए।" खाने की मेज पर रोज सुबह वह एक नई फोटो विनय के सामने रख देती।

"माँ, इन सब में जो तुम्हें पसंद करनी हो, पहले खुद ही तय कर लो, बाद में मैं उसे देख लूँगा।" रोज-रोज नई-नई लड़कियों की तसवीरें देख-देखकर विनय खुद ही भ्रमित हो गया था।

विनय से कुछ स्पष्ट जवाब नहीं मिलता तो रुकमा पति के सामने ही सब तसवीरें पटक देती।

"अजी बताते क्यों नहीं कुछ? दोनों बाप-बेटों ने मौन साध रखा है, मैं तो थक गई रोज पूछते-पूछते।"

"अरी भागवान, अब इनमें से ही किसी एक को पंसद कर लो, समझ लो मुझे भी वही पसंद है।" श्यामलालजी सफाई के साथ अपना पिंड छुड़ा लेते।

लेकिन अब प्रिया और उसके पिता से पिंड छुड़ाना कठिन हो गया था श्यामलालजी को। प्रिया के साथ अभी विनय की मँगनी किए हुए कुल दो महीना ही तो गुजरा था, इससे पहले कि वे शादी की तारीख पक्की करते, प्रिया ने विनय से शादी करने से इनकार कर दिया। दौड़े-दौड़े श्यामलालजी प्रिया के घर गए तो श्यामलाल की समझ में आ गया कि उन्हें फँसाया गया है।

प्रिया के पिता रघुवीर सिंह ने अपनी बेटी की शादी विनय के साथ करने से साफ इनकार करते हुए सगाई में हुए खर्च और दिए गए सामान के एवज में दस लाख रुपए लौटाने की माँग कर डाली।

"दस लाख!" सुनकर ही श्यामलालजी के पैरों के तले की जमीन खिसक गई, "समधीजी, यह आप क्या कह रहे हैं। दस लाख रुपए में तो सगाई क्या, दो शादी भी हो सकती हैं, इतना खर्च किस चीज पर किया आपने?"

"वो हिसाब तो हम पुलिस को देंगे, यदि आपने पैसा नहीं दिया तो?"

पुलिस की धौंस भी दे डाली थी रघुवीर सिंह ने।

श्यामलाल तो जैसे ठगे से रह गए, कुछ कहते नहीं बना। सोचा—एक बार लड़की से बात तो कर लूँ, क्या पता, वह अपने पिता के दबाव में हो।

"अच्छा एक बार हमारी बहू को तो मिला दो मुझे।" श्यामलालजी ने जैसे याचना की।

"ठीक है, मिल लो उससे भी, उसी की मरजी से तो रिश्ता तोड़ रहे हैं।"

न दुआ न सलामी, न शर्म और न झिझक। वह आकर श्यामलाल के सामने ऐसे खड़ी हुई, मानो उनको पहचानती ही न हो।

"जी बोलिए?"

"बेटी, यह क्या सुन रहा हूँ, मैं तुम्हारे पिताजी से, ऐसी क्या गलती हो गई मेरे बेटे से?" उम्मीद की एक किरण अभी भी श्यामलाल के जेहन में बाकी थी।

"गलती तो हम से हुई है, जो तुम जैसों से रिश्ता किया, जैसा पिताजी कहते हैं वैसा कर लो, वरना दहेज का कानून तो जानते हो न, सभी लोग चक्की पीसोगे जेल में। जमानत भी नहीं मिलती इस केस में।"

"ब···ब···बेटी तुम···तुम ऐसा कैसे कर सकती हो, क्या बिगाड़ा है हमने तुम्हारा?" कातर हो आया था श्यामलाल का स्वर। उसका यह रूप देखकर तो श्यामलाल के होश ही उड़ गए थे—"बेटी हमें माफ कर दो, हम तुम्हारे सामान और खर्च की एक-एक पाई चुका देंगे, किंतु दस लाख···।"

श्यामलाल की बात पूरी होने से पूर्व ही दोनों बाप-बेटी अंदर जा चुके थे।

श्यामलाल को तो जैसे काठ मार गया।

"क्या हुआ? क्या कहा उन लोगों ने?" बोझिल कदमों से वे घर के गेट पर ही पहुँचे थे कि पत्नी ने सवाल कर डाले। वे चुपचाप अपने कमरे में चले गए और सोफे पर ऐसे निढाल पड़ गए कि मानो छह माह से बीमार हों।

रुकमा समझ गई कि कुछ गंभीर बात तो है। तत्काल सवाल-जवाब करना ठीक नहीं समझा उसने।

"यह लड़की तो बहुत ही खराब निकली। पहले ही कह दिया था हमारे विनय ने कि ये लड़की तेज लग रही है, लेकिन बाप-बेटी दोनों झूठ और मक्कारी का इतना बड़ा उदाहरण निकलेंगे, पता न था। अच्छा हुआ, उसने शादी से पहले ही अपना असली रूप दिखला दिया।" श्यामलालजी से पूरा विवरण सुनकर गहरी साँस ली थी रुकमा ने। "खाक अच्छा हुआ, कहाँ से पूरी करोगे उनकी माँग।" स्वयं का स्वर भी अपरिचित लग रहा था श्यामलालजी को।

"क्यों पूरी करेंगे हम उनकी नाजायज माँग? उनके बाप का राज है क्या?"

बिफर उठी थी रुकमा—"अरे, ले जाएँ वे अपना सामान वापस, कौन सा खा लिया है हमने। रहा खाने-पीने के खर्च का सवाल, तो वह तो हम लोग लौटा ही देंगे।"

तेज-तर्रार तो थी रुकमा। सामाजिक जीवन के अर्थशास्त्र में जितनी तेज थी, वह उतनी ही कमजोर थी शासकीय नियम कानूनों के गणित में, लेकिन श्यामलाल जानते थे कि दहेज का मुकदमा एक बार उन पर लग गया तो फिर उन्हें जेल जाने से कोई नहीं रोक सकता।

जीवन में उन्होंने पैसा तो नहीं कमाया, किंतु इज्जत जरूर कमाई है। पैंतीस वर्षों की सरकारी नौकरी के दौरान किसी ने भी उनके चाल, चलन और चरित्र पर उँगली नहीं उठाई। नाते-रिश्तेदारों और समाज में उनकी छवि एक सज्जन और ईमानदार व्यक्ति के रूप में रही है। वही संस्कार उन्होंने अपनी बेटी और बेटे को भी दिए।

यही सोच-सोचकर उनकी समस्त इंद्रियाँ निष्क्रिय हो रही थीं कि अब कैसे अपनी इज्जत बचाएँ। उन्हें पहले मालूम नहीं था कि पैसा हड़पने के लिए प्रिया और उसके पिता ने उन्हें जाल में फँसाया है। उन्हें आज पछतावा भी हो रहा था कि मँगनी करने से पूर्व उन्होंने प्रिया के परिवार के बारे में

इधर-उधर से पूछताछ क्यों नहीं की, लेकिन जो हो चुका था, वह तो हो चुका। अब तो चिंता यह थी कि इस मुसीबत से छुटकारा कैसे पाएँ।

इसी सोच-विचार में एक सप्ताह बीत गया।

"हैलो श्यामलालजी! क्या सोचा आपने? तब से कुछ बताया नहीं, लगता है मुझे पुलिस स्टेशन जाना ही पड़ेगा अब।" एक दिन सुबह-सुबह प्रिया के पिता का फोन आ गया।

"समधीजी, आप तो जानते हैं कि हमारे पास पैसे नहीं हैं। हम कहाँ से लाएँगे दस लाख रुपए। आप ऐसा करो कि⋯।" श्यामलाल ने अपनी स्थिति बतानी चाही।

"ठीक है, अब तो जो कुछ करेगी, पुलिस ही करेगी, हम एक हफ्ते का समय और दे रहे हैं आपको, उसके बाद पुलिस में रिपोर्ट दर्ज करा देंगे। फिर मत कहना कि मौका नहीं दिया।" दूसरी ओर से फोन कट गया।

अब इस मामले को लेकर न सिर्फ श्यामलाल ही बल्कि उनकी पत्नी रुकमा और विनय भी परेशान रहने लगे। कई जगह बात की, वकीलों से सलाह ली, लेकिन कोई हल नहीं निकला। इज्जत पर आन पड़ी थी श्यामलाल के। उस इंद्रजाल से बाहर निकलने की कोई तरकीब नहीं सूझ रही थी उन्हें। तरकीब सिर्फ एक थी कि दस लाख रुपए देकर अपना पिंड छुड़ा लें। दस लाख बहुत बड़ी रकम थी श्यामलालजी के लिए। कहाँ से लाएँगे इतना पैसा। सभी स्रोतों से मिलाकर विनय की शादी के लिए कुल तीन लाख रुपए बचाकर रखे थे उन्होंने।

जैसे-जैसे दिन गुजरते जा रहे थे, वैसे-वैसे उनकी बेचैनी बढ़ती जा रही थी। रात के दो बज चुके थे, लेकिन उनकी आँखों से नींद बहुत दूर थी। रात्रि के इस गहन अंधकार में हल्की सी आवाज होने पर उन्हें लगता कि पुलिस दरवाजे पर न आ गई हो। पिछली चार रातों से ठीक से सो नहीं पाए थे। हल्की सी झपकी आती और हल्का सा खड़का होने पर आँख खुल जाती। सोचते-सोचते अचानक उनके मस्तिष्क में एक विचार आया, वे उसे विस्तार देते चले गए। उन्हें लग रहा था कि एक सही रास्ता है उनके

पास। उन्होंने कठोरता से उसे अंजाम देने का निर्णय ले लिया। अभी उनकी आँख लगी ही थी कि तभी दरवाजे पर आवाज हुई।

'खट-खट-खट'

चौकन्ने हो गए श्यामलाल, "कौन?"

"दरवाजा खोलो, हम पुलिसवाले हैं।"

पुलिस का नाम सुनते ही माथे पर पसीने की बूँदें छलछला आईं। भय मिश्रित लड़खड़ाते कदमों से उन्होंने दरवाजा खोला।

सामने पुलिस वाले हथकड़ी लिये खड़े थे।

"चलो, सबके सब हमारे साथ।" उनमें से एक बोला।

इससे पहले कि वह कुछ पूछते, पुलिसवाले रुकमा और विनय को भी बाहर खींचकर ले आए, और तीनों के हाथों में हथकड़ी डाल दी।

"नहीं-नहीं, हमें छोड़ दो, हमने कुछ नहीं किया। हम निर्दोष हैं।" पूरी शक्ति से चीखकर विरोध किया श्यामलाल ने और तभी पत्नी ने उन्हें जोर से झिंझोड़ा—"क्या हुआ तुम्हें, क्यों चिल्ला रहे हो, सपना देख रहे थे क्या?"

बिस्तर से उठ बैठे श्यामलाल। पूरा बदन पसीना-पसीना हो रहा था, राहत की साँस ली उन्होंने। शुक्र है कि यह सपना ही था।

"अजी, तुम क्यों परेशान हो रहे हो, भगवान् सब ठीक कर देंगे। कल मैं जाऊँगी उनके घर।" पत्नी ने तौलिये से उनके माथे का पसीना पोंछते हुए सांत्वना दी।

दूसरे दिन श्यामलाल ने पत्नी और बेटे को सामने बिठाकर उनसे विचार-विमर्श किया, काफी देर बाद वे शांत भाव से घर से बाहर निकल गए।

"हैलो रघुवीर सिंहजी! मैं आपसे मिलना चाहता हूँ।" ठीक एक हफ्ते बाद श्यामलाल ने समधी को फोन किया, उनके द्वारा दी गई मोहलत का आज आखिरी दिन भी था।

"पैसे का प्रबंध हो गया क्या?"

"हाँ।"

"तो आ जाओ फिर।" और फोन कट गया।

दूसरे दिन श्यामलालजी के घर के आगे ट्रक खड़ा था और कुछ मजदूर घर का सारा सामान ट्रक में रख रहे थे। अपने सम्मान को बचाने के लिए जीवन भर की कमाई से बनाए घर को बेच दिया था उन्होंने।

एक ओर जहाँ श्यामलालजी का चेहरा भावविहीन लग रहा था। वहीं दूसरी ओर रुकमा के आँसू नहीं थम रहे थे। उसके लिए वे ईंट, मिट्टी, गारे से बनी दीवारें मात्र नहीं, बल्कि घर था, जिसकी एक-एक दीवार में परिवार की खुशियाँ बसी थीं।

'रसोईघर को देख लो अच्छी तरह, फिर मुझे मत कहना कि गलत बन गया।' मकान बनते समय श्यामलालजी अकसर पत्नी को साथ ले आते।

'रसोईघर ही क्यों देखूँ मैं, पूरा घर मेरा है, मैं तो सब अपनी पसंद से बनवाऊँगी।' और सचमुच टाइल्स से लेकर घर के पुताई तक के रंग और डिजाइन उसने स्वयं पसंद किए थे।

पूरा एक साल लग गया था उन्हें घर बनाने में। इस दौरान कोई भी दिन ऐसा नहीं गुजरा होगा, जब दोनों पति-पत्नी वहाँ देख-रेख करने नहीं गए होंगे। विनय ने तो गृहप्रवेश होने से दो महीने पहले ही अपना कमरा तैयार करके डेरा डाल दिया था, सामान की रखवाली और देख-रेख के लिए वह रात को सोने वहीं जाता था। वहीं रहकर वह पढ़ाई भी करता, चाय-चीनी और स्टोव भी रख दिया था उसने।

घर छोड़ते हुए दिल फटा जा रहा था उसका, मानो उसके शरीर से आत्मा को दूर किया जा रहा हो। उसे लगा, इस घर की दीवारें उसे पुकार रही हैं—'मत जाओ हमें छोड़कर।' रुकमा ने दीवार पर अपना सिर टिका दिया और आँसुओं की धार उसे गीला करने लगी।

'माँ! अपने बेटे पर विश्वास है न तुम्हें? पिताजी की मेहनत, ईमानदारी का अवश्य फल मिलेगा माँ, मैं बनाऊँगा घर, वैसा ही जैसा तुम्हें पसंद है।' विनय ने पीछे से आकर उसे थाम लिया।

रुकमा ने विनय की ओर देखा, आत्मविश्वास से भरा चेहरा देख उसे

लगा, जैसे इस ठोकर ने उसे और अधिक मजबूती दे दी हो।

'माँ, कोई चारा न था इसके अलावा, तुम नहीं जानती इस दहेज विरोधी कानून को, कोई सुनवाई नहीं होती हमारी, जेल तो जाना ही पड़ता।' और वह माँ को अपनी बाँहों का सहारा दे बाहर ले आया।

रुकमा के कदम उसका साथ न देते। बार-बार पीछे मुड़कर सबकुछ छूटता हुआ देखती। मन अभी भी कहता, क्या पता पति की ईमानदारी का फल अंतिम समय में किसी चमत्कार के रूप में मिले।

बाहर गमलों में रंग-बिरंगे फूल खिले थे। पति-पत्नी दोनों को बागवानी का इतना शौक था कि पूरा घर हरा-भरा रहता, वेगेनबेलिया की झाड़ियों ने घर की चहारदीवारी को ढक लिया था, लगता था जैसे इन्हीं रंग-बिरंगी झाड़ियों से इस घर की बाउंड्री बनी हो।

'चलो माँ!' विनय ने एक बार फिर कहा तो रुकमा पलटी, तभी गुलाब की एक डाली ने रुकमा का आँचल थाम लिया।

'देख लिया तूने, यह भी नहीं चाहता कि हम यहाँ से जाएँ।' और रुकमा के आँखों से एक बार फिर अश्रुधारा फूट पड़ी।

विनय ने अपने हाथों से गुलाब की डाली से माँ के आँचल को छुड़ाया और उसे बाहर ले गया।

देहरादून में किराए का मकान ढूँढ़ना भगवान् को ढूँढ़ने से कुछ कम नहीं था। प्रयास तो उन्होंने बहुत किया, किंतु उन्हें इतनी जल्दी घर नहीं मिल पाया। यहीं कुछ ही दूरी पर श्यामलाल की चचेरी बहन का मकान था। ऐसे में उसने ही उन्हें सहारा दिया। उनके मकान की ऊपरी मंजिल खाली थी। 'भैया, जब तक आप लोगों को कोई ढंग का मकान नहीं मिल जाता, तब तक यहीं आ जाओ, वैसे भी पूरी मंजिल खाली पड़ी रहती है।' बहन के मकान में ही शिफ्ट होने जा रहे थे वे लोग। श्यामलाल के चेहरे पर सुकून था। शांतभाव में अपने आप से बोले, "चलो इज्जत तो बची।"

ड्राइवर ने ट्रक स्टार्ट किया। इससे पहले कि ट्रक आगे बढ़ता, तभी एक कार ट्रक के ठीक सामने आकर रुक गई। उसमें से एक आदमी तेजी

से उतरा और श्यामलालजी के पास पहुँच गया।

''कहाँ जा रहे हो, श्यामलाल?'' उसने बिना किसी लाग-लपेट के पूछा।

श्यामलालजी का दिमाग चकरा गया। कौन है यह आदमी? चेहरा कुछ जाना-पहचाना सा लग रहा है? यह ऐन वक्त पर कहाँ से प्रकट हुआ और ऐसा क्यों पूछ रहा है। क्या जवाब दें उसे?

''नीचे उतरो''।'' बिना उत्तर की प्रतीक्षा किए उसने आदेशात्मक स्वर में कहा।

यंत्रवत् श्यामलाल नीचे उतर गए, जबकि रुकमा और विनय आश्चर्यचकित इस ड्रामे को देख रहे थे। वह श्यामलाल का हाथ पकड़कर तेजी से घर के अंदर ले गया।

''नहीं पहचाना? मैं सुंदर सिंह हूँ। अरे यार, देवीखेत में साथ ही पढ़ते थे हम।''

''ओह ! सुंदर?'' याद आया श्यामलालजी को लंबा-पतला सा कॉलेज के जमाने का सुंदर सिंह—''तू यहाँ कैसे?''

''मैं तो यहीं देहरादून में ही हूँ शुरू से, अब तो रिटायर भी हो गया।'' सुंदर सिंह ने बताया, ''लेकिन तू कहाँ जा रहा है?''

''मैंने यह मकान बेच दिया है, दूसरे मकान में शिफ्ट करने जा रहा हूँ।'' सच-सच बता दिया श्यामलाल ने।

''लेकिन तू कहीं नहीं जाएगा। यह मकान आज भी तेरा ही है।'' सुंदर सिंह ने दृढता से कहा।

''क्या मतलब, मैं कुछ समझा नहीं।'' पूछा श्यामलाल ने।

''मतलब यह कि यह मकान किसी और ने नहीं, मेरे बेटे ने खरीदा है। या यों समझ कि तेरे ही बेटे ने खरीदा है, इसलिए तुझे कहीं जाने की जरूरत नहीं।'' सुंदर सिंह ने जैसे उद्घाटन किया।

''लेकिन क्यों?'' कुछ समझ में नहीं आया श्यामलाल के।

''मैं बताता हूँ तुझे।'' सुंदर सिंह ने बताना शुरू किया—''दरअसल

जिस लड़की से तूने अपने बेटे की सगाई की, उसी से पहले मेरे बेटे की सगाई हुई थी। दो माह बाद ही उसके पिता ने रिश्ता तोड़कर मुझे दहेज कानून की धौंस दिखाकर पाँच लाख रुपए हड़प लिये। तब मुझे लगा था कि शायद मेरे बेटे से कोई गलती हो गई होगी या हमारे किसी दुश्मन ने उन्हें भड़का दिया होगा, इसलिए उन्होंने रिश्ता तोड़ दिया, किंतु बाद में जब मुझे तेरे बेटे का रिश्ता टूटने की भी खबर मिली, तो मैंने उसे सबक सिखाने की सोच ली। इससे मुझे दो फायदे हो रहे थे, एक तो मैं उसको पुलिस के हवाले कर सकता था और दूसरे अपने पुराने दोस्त का घर बचा सकता था। मैंने बिना तुझे बताए इंटैलिजेंस को सूचित किया और उन्हें विश्वास में लेकर तुझे बीच में न लाने का वचन ले लिया। तुमने जब घर बिकवाने का विज्ञापन निकलवाया तो मैंने अपने बेटे से ही तेरा मकान खरीदवा दिया। जब तू रघुवीर के घर पैसा देने जा रहा था तो उससे पहले ही मैंने इंटैलीजेंस से उसके घर की घेराबंदी करवा दी। तू इधर पैसा लेकर बाहर निकला और उधर इंटैलिजेंस ने छापा मारकर उसे रँगे हाथों ब्लैकमेल करने के आरोप में पैसों सहित गिरफ्तार कर दिया। अब वह जेल की हवा खा रहा है, और पुलिस तेरा पैसा तुझे वापस लौटा देगी। इस तरह तेरा घर भी बच गया और उन बदमाश बाप-बेटी का पर्दाफाश भी हो गया। वरना इसी तरह न जाने वे कितने और घर बिकवा देते।''

पूरी कहानी सुनकर श्यामलाल का सिर चकरा गया। किंकर्तव्यविमूढ सा वह कुछ नहीं बोल पाया।

''अबे देख क्या रहा है, चल, भाभी और बेटे को अंदर बुला ले।'' सुंदर सिंह ने लगभग उसे झिंझोड़कर कहा और फिर खुद बाहर आ गया तथा वहाँ अपनी मजदूरी का इंतजार कर रहे मजदूरों को जोर से बोला—

''चलो बे, सामान वापस रखो घर के अंदर।''

मजदूर कुछ समझ नहीं पाए और एक-दूसरे का मुँह देखने लगे।

□

आस्था जीत गई

जून की तपती दुपहरी, तापमान शिखरतम। सूर्य मानो आग का गोला बन धरती की सहनशीलता की परीक्षा ले रहा हो। एक ओर सूर्य की चिलचिलाती गरमी शरीर को जला रही थी, वहीं दूसरी ओर गरम हवाएँ पूरे बदन को झुलसाकर रही-सही कसर पूरी कर रही थीं। लोग बाहर नहीं निकलना चाहते, लेकिन इच्छा पूरी हो जाए, ऐसे सौभाग्यशाली लोग कम ही होते हैं। गरमी हो जाड़ा हो या बरसात-जीवन सदा चलता रहता है। कार्य कोई नहीं रुकता, ऐसा होता तो राजमार्ग पर इस समय वाहनों की लंबी कतारें न होतीं।

इन्हीं वाहनों की कतार से जूझ रहा था सतीश। राष्ट्रीय राजमार्ग पर दो-तीन कि.मी. लंबा जाम लगा था। एक भी गाड़ी टस-से-मस न होती। सतीश कभी गाड़ी से बाहर उतरता तो कभी फिर गाड़ी में बैठी साधना को दिलासा देता, जिसकी गोद में नन्हा आयुष बुखार से तड़प रहा था।

आधा घंटा पहले उसे लगा था, छोटा सा जाम है खुल जाएगा। ड्राइबर से हॉर्न बजाने को कहा तो आगे की गाड़ियों के ड्राइवर सामने आ खड़े हो गए।

'किस पर हॉर्न बजा रहे हो? आगे रास्ता हो तो आपको साइड दें। लंबा जाम है।'

'सॉरी भाई साहब!' सतीश ने क्षमा माँग ली।

'दरअसल मेरा बेटा बहुत बीमार है और इसलिए⋯।'

'ओह! लेकिन जाम तो बहुत लंबा है। गाड़ी तो क्या साइकिल के निकलने की भी संभावना नहीं।' सतीश की परिस्थिति समझ हॉर्न बजने से क्रोधित लोग अब उससे सहानुभूति प्रकट कर रहे थे।

'लेकिन जाम लगा क्यों है और उसे खुलवाने की कोशिश क्यों नहीं कर रहा प्रशासन?' सतीश का धैर्य जवाब दे रहा था।

'कोई बता रहा था कि सरकार ने अभी तक गन्ना किसानों का भुगतान नहीं किया है, इसी विरोध में उन्होंने राजमार्ग जाम कर दिया है।'

'पता नहीं सरकार समय रहते समस्या का समाधान क्यों नहीं करती, अन्यथा इन्हें ऐसा करने पर मजबूर नहीं होना पड़ता।'

'हाँ, यह तो है, लेकिन इस कारण जाम नहीं होता तो किसी और कारण होता, कभी किसी बड़े राज नेता का काफिला तो कभी कोई दुर्घटना।'

'हाँ ये तो है, लेकिन गाड़ियाँ भी तो कितनी बढ़ गईं और सड़कें वहीं की वहीं।'

जाम के कारणों पर चर्चा चल पड़ी थी, कोई कुछ कहता तो कोई कुछ, अंततः सारा क्रोध सरकार और प्रशासन पर ही उतर रहा था।

लेकिन सतीश? उसे इस सबसे कोई मतलब न था। वह कभी पागलों की तरह गाड़ी से बाहर निकल कुछ दूर तक जाता, फिर निराश हो वापस गाड़ी में बैठ साधना को दिलासा देता, लेकिन दिलासा देते अपने शब्दों पर उसे स्वयं ही भरोसा न था तो साधना का मनोबल कैसे बढ़ता।

धधकते चूल्हे की आँच पर रखे तवे की मानिंद आयुष का माथा तप रहा था। आँखें आधी खुली, सूखे और पपड़ाए काले होंठ, धौंकनी की भाँति चलती साँसें सतीश और साधना को विचलित करने के लिए पर्याप्त थीं।

साधना बार-बार उसके सिर पर गीले पानी की पट्टी रखती जाती, लेकिन अब वह पानी भी गरम हो चुका था। अपने आँसुओं को किसी तरह जज्ब करती साधना मन-ही-मन ईश्वर का स्मरण करती, 'हे ईश्वर! कोई चमत्कार ही कर दो, क्यों इस नन्ही सी जान को इतना कष्ट दे रहे हो, क्या पाप किया है मैंने ऐसा, जो अपने सामने अपने कलेजे के टुकड़े

को यों तड़पते देख रही हूँ।'

'ठंडा पानी है किसी के पास, सिर पर पट्टी रखनी है।' बौखलाया सा सतीश हाथ में पानी की बोतल ले बाहर निकला।

'इतनी गरमी है कि काफी सारा पानी तो पिया गया, जितना बचा है उतना ले आएँ।' चर्चा में अपना समय काटने वाले ग्रुप में से कई लोग पानी की आधी चौथाई बोतल लिये सतीश के समक्ष उपस्थित थे। उन्हें ढेर सारा धन्यवाद दे सतीश वाहन की ओर लपका।

'इतने वाहनों की कतार में कोई डॉक्टर भी तो हो सकता है?' सतीश की परेशानी जान व स्थिति की विकटता भाँप एक ने कहा।

'हाँ, अगर इस व्यक्ति पर ईश्वर की कृपा हुई तो ऐसा हो सकता है। क्यों न हम सब अपने कर्म से इस कृपा को इस तक पहुँचाने का यत्न करें।' तीस-पैंतीस वर्षीय एक व्यक्ति ने कहा और दो लोग आगे की ओर तथा दो पीछे की ओर डॉक्टर की तलाश में निकल पड़े।

'साधना की गोद में आयुष बेहोश पड़ा था, कुछ बाहर की गरमी और कुछ आयुष के बदन का ताप, साधना पसीने से नहा गई थी, लेकिन इस वक्त उसे इसका आभास नहीं हो रहा था। अब उसकी हिम्मत टूट रही थी आँखों से अविरल अश्रुधारा रुकने का नाम नहीं ले रही थी।

मध्य प्रदेश के एक कस्बे में रहनेवाले सतीश और साधना एक प्रतिष्ठित परिवार से ताल्लुक रखते थे, पिता का स्वयं का व्यवसाय था और पढ़ाई पूरी करने के पश्चात् नौकरी करने के स्थान पर सतीश ने उसी व्यवसाय को आगे बढ़ाने का निर्णय लिया और पढ़ी-लिखी पत्नी साधना ने भी पति के कदम के साथ कदम मिलाए।

ईश्वर ने दोनों को सबकुछ दिया सिवाय एक संतान के। विवाह के चार वर्ष तक भी जब साधना की गोद न भरी तो चिकित्सकीय परामर्श आरंभ किया। संसाधनों की कमी तो थी नहीं, सो बड़े-से-बड़े शहर और बड़ा-से-बड़ा चिकित्सक सभी जगह का रुख किया।

'टेस्ट तो सारे ठीक हैं, फिर पता नहीं क्यों···' और इसी पता नहीं क्यों

का कारण जानने सतीश और साधना ने हर देवता, हर पत्थर पूज डाला, जिसने जहाँ कहा, वहीं चल देते।

इसी क्रम में किसी ने उन्हें उत्तराखंड के चार-धामों का तीर्थाटन सुझाया तो बिना वक्त गँवाए वे बदरीनाथ, केदारनाथ, गंगोत्तरी, यमनोत्तरी के दर्शन कर गए, साथ ही शामिल हुए हरिद्वार की माँ गंगा आरती में। मन को अजब शांति मिली, इन दूरस्थ हिमालय की गोद में बसे तीर्थ स्थानों पर आकर। हरिद्वार में माँ गंगा के निर्मल शीतल जल में संध्या समय जब अनगिनत दीये टिमटमाते दृष्टिगोचर हुए तो मन अनूठी आध्यात्मिक अनुभूति से भर उठा।

इसे संयोग कहें या आस्था, इस यात्रा के दो माह पश्चात् ही साधना को अपने अंदर नवजीवन की उत्पत्ति का आभास हुआ।

डॉक्टर तो तुरंत दिखाया, परिणाम सुखद था और इसी के आठ माह पश्चात् दंपती के घर में नन्हे बच्चे की किलकारी गूँजी और इसी किलकारी का नाम रखा गया आयुष।

आयुष को ईश्वर का प्रसाद मान उसके एक वर्ष के होते ही पति-पत्नी दोनों उसे लेकर हरिद्वार आए। पूजा की, दिल खोलकर गरीबों को दान दिया। वापस लौटने की तैयारी ही थी कि आयुष को अचानक उल्टियाँ होने लगीं। बड़ी मन्नतों से प्राप्त इस फूल की छींक से भी जमीन-आसमान एक कर देने वाले माता-पिता उसे तुरंत ही डॉक्टर के पास ले गए।

'सफर की थकान और मौसम परिवर्तन का असर है। परेशान होने वाली बात नहीं। घर पहुँचकर अपने पारिवारिक डॉक्टर को दिखा दीजिएगा।' डॉक्टर ने कहा तो दोनों की जान में जान आई।

लेकिन शहर से निकले उन्हें घंटा भर नहीं हुआ था कि आयुष तेज बुखार से तपने लगा, अगले शहर में किसी डॉक्टर को दिखा देंगे, यही सोच सतीश ने ड्राइवर से थोड़ा तेज चलने को कहा, लेकिन थोड़ी दूर जाते ही इस जाम ने उसकी उम्मीदों को तोड़ दिया।

और अब इस जाम में फँसे हुए उन्हें दो घंटे से अधिक हो चुके थे। सतीश और साधना अब तक सारी कोशिशें कर देख चुके थे, हर ओर से

थक-हार बस एकमात्र ईश्वर का ही सहारा था। सिर पर गीली-पट्टी रखती साधना एकटक आयुष की ओर देखे जा रही थी, अचानक आयुष की आँखे फड़फड़ाने लगीं, साँसें कुछ क्षण को और तेज चलीं और फिर गहरी शांति।

'सतीश···।' साधना चीख उठी और गश खाकर उसकी गरदन भी एक ओर लुढ़क गई।

सतीश कभी आयुष की ओर देखे तो कभी साधना की ओर। अंजुली में पानी भरा और बदहवास सा दोनों के चेहरे पर छिड़कने लगा।

'आयुष!' पानी के स्पर्श से साधना की चेतना लौटी, लेकिन नन्हे आयुष की कोई प्रतिक्रिया न थी, दोनों ने हताश, निराश, दु:ख के अतिरेक से अपने दोनों हाथों से सिर थाम लिया।

'हे ईश्वर! ये जाम!' सतीश के मुँह से अस्फुट स्वर निकले, तभी तेजी से किसी ने कार का द्वार खोला और सतीश को खींचकर कार से बाहर निकाला।

सतीश कुछ समझ पाता, इससे पहले पसीने से नहाए 30-35 वर्षीय युवक ने एक व्यक्ति को अंदर धकेल दिया।

'एक किलोमीटर पीछे इन डॉक्टर साहब की गाड़ी फँसी थी, आपके बच्चे का हाल बताया तो तुरंत चले आए।' माथे का पसीना पोंछते उसने बताया।

'मैंने दवा दे दी है, थोड़ी देर में बुखार उतरने लगेगा।'

'इन्हें धन्यवाद दीजिए, अगर थोड़ी सी और देर हो जाती तो···।' और डॉक्टर ने अपना वाक्य अधूरा छोड़ दिया।

भावातिरेक से सतीश के आँसू निकल आए। उस हँसते-मुसकराते युवक के समक्ष वह हाथ जोड़े खड़ा था। उसे समझ में नहीं आ रहा था किसका धन्यवाद करे, ऊपर आकाश में बैठे ईश्वर का या इस साक्षात् देवदूत का।

□

ठौर

तेज-तेज कदमों से चलता हुआ वह जल्दी-से-जल्दी घर पहुँच जाना चाहता था। आसमान में घनघोर काले बादल छा चुके थे, संध्या के समय ही रात होने का आभास हो रहा था। रह-रहकर आसमानी बिजली चमकती और उसके साथ ही जोर की कड़कड़ाहट होती, ऐसा लग रहा था मानो आज प्रलय ही आ जाएगी। उसके घर के अंदर घुसते ही बाहर भी बारिश शुरू हो गई।

'क्या हुआ?' हर रोज की तरह पत्नी ने पूछा।

वह धम्म से चारपाई पर बैठ गया। उसके बिना कुछ बोले ही पत्नी सबकुछ समझ गई। पानी का लोटा धीरे से उसकी ओर बढ़ा दिया। वह एक श्वास में ही पूरा लोटा गटागट पी गया। बच्चे एक कोने में डरे-सहमे से किताबें खोले बैठे हुए थे।

ऐसा पिछले कई दिनों से चल रहा था। रोज वह नौकरी ढूँढ़ने सुबह घर से निकलता और देर शाम को हताश उदास घर पहुँचता। रोज पत्नी एक ही सवाल पूछती, 'क्या हुआ?' जवाब में वह चुप्पी साध लेता।

'चाय बनाऊँ?' पत्नी ने पूछा।

'नहीं।' चाय पीने की इच्छा के बावजूद भी उसने मना कर दिया। मालूम था, घर में चाय-चीनी और दूध कुछ भी नहीं होगा। पत्नी वहीं उसकी चारपाई पर बैठ गई। उसने करवट बदल ली, बिस्तर पर लेटे-लेटे ही उसे अपनी संपन्नता के वे दिन याद आने लगे।

रघुवीर नाम था उसका। परिवार में सबसे छोटा होने के कारण बहुत लाड़-प्यार मिला था उसे माँ-बाप का। इसलिए कुछ ज्यादा पढ़ाई नहीं कर पाया। सिर्फ दसवीं तक पढ़ने के बाद उसने स्कूल जाने से मना कर दिया। उससे बड़े दो भाई थे, जो पिता के साथ ही खेती का कार्य करते थे, किंतु उसे न तो खेती का काम आता था और न उसकी इच्छा खेती करने की थी। पिता ने सोचा, चलो इसकी शादी कर दें, फिर जरूर इसका मन काम में लग जाएगा। शादी हुई तो बोझ आन पड़ा, किंतु खेतों में तब भी उसने काम करना शुरू नहीं किया। इस दौरान पिता भी गुजर गए तो अब भाई-भाभियों ने भी ताने देने शुरू कर दिए।

कुछ महीने यों ही गाँव में फालतू गुजारने के बाद उसने शहर की राह पकड़ ली और अपने मामा के पास चला गया। मामा ने उसे एक मिल में नौकरी पर लगा दिया। अब पैसा पास आने लगा तो उसने उससे अपने लिए जूते-कपड़े आदि के साथ ही फैशन की हर वस्तु जुटा ली।

एक छोटा सा कमरा-किचन भी किराए पर ले लिया और पत्नी को अपने साथ ही शहर ले आया। जीवन पटरी पर चल निकला। इस दौरान वह एक बेटी और एक बेटे का पिता भी बन गया। इन तीन वर्षों में तनख्वाह भी बढ़ गई और उसी अनुपात में सुख-सुविधाएँ भी। उसे मिल की तरफ से कॉलोनी में क्वार्टर भी मिल गया। किराए का कमरा छोड़कर अब वह दो कमरों के सुविधाजनक क्वार्टर में कॉलोनी के अंदर आ गया।

अब समय-असमय भाई-भाभियों ने भी शहर आना शुरू कर दिया। गाँव से कभी गुड़, कभी चावल, तो कभी साग-सब्जी ले आते। चाटुकारिता करते हुए उसका खूब दोहन करने लगे। कभी अपनी मजबूरी, कभी बीमारी, तो कभी फसल न होने की बात कहकर उससे पैसे भी ऐंठकर ले जाते। वह उनकी मंशा से अनजान उनकी भरपूर मदद करता रहता।

'अजी, कुछ अपने लिए भी तो बचाकर रखो, बुरे समय के लिए।' पत्नी कभी कह देती।

'सावित्री, वे लोग भी तो अपने ही हैं, और बुरे समय में अपने ही

तो काम आते हैं।' रघुवीर पत्नी को समझाता तो वह चुप हो जाती।

सावित्री मितव्ययी थी, इसलिए हर महीने थोड़ी-बहुत रकम उससे छिपाकर बचा ही लेती। बच्चे अब स्कूल जाने वाले हो गए थे। अतः खर्च भी बढ़ गया था, लेकिन इससे उनकी दिनचर्या पर कोई ज्यादा दबाव नहीं पड़ा। जीवन चलता रहा मध्यम गति से।

भतीजी की शादी में वह सपरिवार गाँव गया। अपने ठाठ-बाठ के अनुरूप शादी में खूब खर्च भी किया और भैया को भी नगद पाँच हजार दिए।

शादी संपन्न हो जाने के बाद माँ ने सारे परिवार को एक साथ इकट्ठा बैठा पाकर कहा, 'बेटा, तू तो संपन्न है। तेरे भाइयों का गुजारा कठिनाई से होता है। इनका कहना है कि अगर तू अपने हिस्से की जमीन इनके नाम कर दे तो इनकी गुजर-बसर ठीक से हो जाएगी।'

वह तो अपने भाई-भाभियों के लिए कुछ भी कर सकता था, किंतु पत्नी ने ही इस बात का विरोध किया।

'अजी, वैसे भी हमारे हिस्से की खेती वही लोग तो कर रहे हैं, हम कौन सा उसे अपने साथ शहर ले जा रहे हैं। फिर वक्त कौन देख पाया, क्या पता जीवन में लौट-फिरकर यहीं आना पड़े।'

'तुम तो कितना लंबा सोचती हो, अरे भाई लोग अपने ही तो हैं, कभी भी आ जाएँगे तो वे कौन सा हमें बाहर निकाल देंगे।' उसने तर्क दिया।

और फिर इसी छुट्टी में रघुवीर ने अपने हिस्से की जमीन बराबर-बराबर दोनों भाइयों के नाम बैनामा बनाकर दे दी।

'मिल प्रशासन—मुर्दाबाद, मुर्दाबाद!'

'हमारी माँगें पूरी करो, पूरी करो!'

'जो हमसे टकराएगा, चूर-चूर हो जाएगा!'

'मजदूर एकता, जिंदाबाद-जिंदाबाद!'

घर से छुट्टी काटकर जब रघुवीर पहले दिन मिल पहुँचा तो गेट पर

मिल मजदूर और कुछ इधर-उधर के नेता भयंकर नारेबाजी कर रहे थे।

भाषणबाजी के साथ वहाँ मजमा सा लगा हुआ था। पता चला कि कुछ बाहरी नेताओं ने वहाँ आकर मजदूरों का वेतन दुगुना करने, चिकित्सा सुविधाएँ और बोनस देने की माँग को लेकर मजदूरों को अपने साथ मिलाकर मिल में हड़ताल करवा दी। चलो, वेतन बढ़ जाएगा तो अच्छा ही रहेगा, जो सबको फायदा मिलेगा वही मुझको भी मिलेगा। यह सोचकर रघुवीर भी हड़ताल में शामिल हो गया। गेट पर ताला लग गया और मिल में पूरी तरह काम बंद हो गया।

मिल मालिक ने समझौते का प्रयास किया। जितना मालिक देना चाहता था, उस पर नेता राजी नहीं थे। दो माह इसी में गुजर गए।

'आप सभी लोग काम पर लौट आइए। अगर इसी तरह मिल में काम बंद रहा तो फिर हमें मजबूरन मिल बंद करनी पड़ेगी।' एक दिन मालिक ने गेट पर आकर सभी मजदूरों को चेतावनी मिश्रित आग्रह करते हुए काम पर लौटने को कहा।

इन दो महीनों में मजदूरों को काफी आर्थिक नुकसान हुआ। कुछ मजदूरों ने कल से काम पर जाने के लिए घोषणा कर दी। रात में कॉलोनी में कुछ गुंडे घुस गए, उनके हाथों में हथियार और लाठी-डंडे थे। उन्होंने कॉलोनी में भारी उत्पात मचा दिया, जो जहाँ मिला, उसे बुरी तरह मारना-पीटना शुरू कर दिया। बच्चों और महिलाओं तक को नहीं बख्शा उन्होंने।

दूसरे दिन हड़ताल और उग्र हो गई। मजदूरों की तरफ से नेताओं ने मिल मालिक के खिलाफ थाने में रिपोर्ट दर्ज कराई। इससे क्षुब्ध होकर मालिक ने मिल बंद करने की घोषणा कर दी। अब मजदूरों के भूखों मरने की नौबत आ गई। बाद में पता चला कि ये गुंडे इन्हीं नेताओं ने भेजे थे।

रघुवीर के बच्चों की भी दो महीने से फीस नहीं गई, फलतः बच्चे घर में बैठ गए। थोड़ी-बहुत पूँजी जो सावित्री ने चोरी-छिपे जमा कर रखी थी, वह भी अब खत्म हो गई। घर में चूल्हा जलना बंद हो गया तो और मजदूरों की तरह रघुवीर ने भी काम की तलाश शुरू की। अब हड़ताल अपने आप

बंद हो गई और अन्य मजदूर पूरी तरह से सड़कों पर आ गए।

रघुवीर के गाँव से अब चावल, आटा, गुड़, सब्जी आना बंद हो गए। भाई-भाभियों ने भी आना-जाना बंद कर दिया। संकट की इस घड़ी में रघुवीर को कहीं कोई सहारा नहीं दिख रहा था।

'चलो, गाँव वापस चलते हैं। खेती करके गुजारा कर लेंगे।' पत्नी ने सुझाव दिया।

लेकिन किस मुँह से परिवार लेकर वापस जाता रघुवीर। घर और खेती तो पहले ही भाइयों के नाम कर चुका था वह। उसने सोचा, पहले वह एक चक्कर खुद लगाता है, फिर वहाँ की स्थिति देखकर परिवार उठाएगा।

और जब वह घर गया तो भाई-भाभियों का रवैया देखकर हतप्रभ रह गया। उन्होंने जमीन और मकान देने से साफ मना कर दिया।

'अब तुम्हारा इस घर में कोई हिस्सा-किस्सा नहीं है, तुम शहर में इतने सालों से नौकरी का मजा लेते रहे और हम तुम्हारे खेत-खलिहानों की खुदाई करते रहे। शर्म नहीं आती तुम्हें वापस माँगते हुए।' बड़े भैया ने दो टूक कहा और छोटे ने भी उसका समर्थन किया।

माँ कुछ भी नहीं बोल पाई, आँखों से टपकती अश्रुधारा से उसकी लाचारगी को रघुवीर ने भाँप लिया। उल्टे पैर शहर आ गया था वह।

तब से अब तक वह रोज ही काम की तलाश में भटक रहा है। सैकड़ों मजदूर बेरोजगार घूम रहे थे, ऐसे में शहर में काम मिलना भी कठिन हो गया। धीरे-धीरे घर की जमा पूँजी पूरी तरह खत्म हो गई, अब नौबत यहाँ तक आ गई कि चूल्हा जलाने के लिए घर के बरतन बेचने पड़ते।

'अब क्या होगा?' चारपाई पर बैठी सावित्री ने जब उससे पूछा तो उसकी विचार तंद्रा भंग हुई।

जवाब देना मुश्किल हो गया था उसके लिए। घर में खाने-पीने के लिए एक भी दाना नहीं बचा था। मिल-मालिक ने कॉलोनी का कमरा खाली करने का नोटिस अलग से दे दिया था। कुछ भी समझ में नहीं आ रहा था रघुवीर की।

'अब तो उसे रेलवे स्टेशन अथवा बस अड्डे पर सामान ढोने का काम भी करना पड़ेगा तो वह करेगा, लेकिन भूख से बिलखते बच्चों का दर्द वह नहीं देख सकता।' कठोर निर्णय कर वह सुबह ही बस अड्डे पर पहुँच गया।

'कुली!' आवाज सुनते ही वह लपककर उस दिशा में पहुँचा। सामने ढेर सारा सामान रखा हुआ था, जिसे पास खड़ी लंबी सी कार में लादना था। उसके मन में उम्मीद की किरण जाग उठी और झटके के साथ उसने कार में लादने के लिए बड़ा सा बैग उठा लिया।

'रुको!' वह चौंका, सामने मालिक की तरफ देखा, कुछ जाना-पहचाना सा लगा, साथ में एक युवती भी थी।

'तुम रघुवीर हो न?' पूछा उस व्यक्ति ने।

'हाँ जी।'

'तुम यहाँ? तुम तो किसी मिल में काम करते हो न?' उसने फिर प्रश्न किया।

'जी, करता था, अब नहीं करता।' मायूसी थी रघुवीर की आवाज में।

'क्यों?' आश्चर्य से पूछा सामने वाले ने और रघुवीर से पूरा घटनाक्रम उसे सुना दिया।

'तुम अभी के अभी पूरा परिवार उठाकर मेरी कोठी पर चलो, वहाँ तुम्हारी जरूरत का पूरा काम मिल जाएगा।'

'लेकिन···।' झिझक सा गया रघुवीर इस मेहरबानी पर।

'तुम्हें याद हो न हो, लेकिन मुझे याद है। आज से चार साल पहले तुमने मेरी इस बच्ची की जान बचाई थी।' उन्होंने युवती की ओर इशारा करते हुए कहा।

याद आया रघुवीर को। वह साइकिल से मिल की ओर जा रहा था, तभी स्कूटी पर जा रही एक बच्ची को तेजगति से आने वाले ट्रक ने टक्कर मार दी और तेजी से भाग निकला। लड़की के माथे पर गहरी चोट आई थी और उससे रक्त की धार बह निकली।

रघुवीर ने सूनी सड़क पर गुजर रहे अनेक वाहनों को रोक-रोककर मदद माँगी, लेकिन कोई वाहन न रुका। अंत में उसने अपनी साइकिल एक किनारे खड़ी करके उसकी ही स्कूटी से उसे हॉस्पिटल पहुँचाया। खून अधिक बह जाने के कारण डॉक्टरों ने तुरंत ही खून की एक बोतल का प्रबंध करने को कहा। रघुवीर क्या करे, वह तो इस युवती को जानता तक नहीं, और न ही यहाँ हॉस्पिटल में कोई उसका परिचित है। एक ओर ऑफिस की जल्दी और दूसरी ओर यह मुसीबत गले आन पड़ी। वह करे भी तो क्या, छोड़कर जाने को उसकी आत्मा भी गवाही नहीं दे रही थी।

उसने खुद का ही खून टेस्ट करवाया और संयोग से वह लड़की के खून से मिल भी गया।

कुछ देर बाद लड़की के माता-पिता भी आ गए। रघुवीर का नाम-पता पूछा और उसका बहुत-बहुत धन्यवाद किया। लड़की के पिता ने उसे खून देने के एवज में कुछ रुपए देने चाहे, किंतु साफ मना कर दिया रघुवीर ने। खुद्दार किस्म का आदमी था वह। नमस्कार करके चल दिया।

'क्या सोच रहे हो?' सामने खड़े व्यक्ति ने कहा तो वह जैसे विचार तंद्रा से जागा—'मेरा एक बड़ा स्कूल है। वहाँ पर तुम्हारे लिए रहने का पूरा प्रबंध है, मुझे भी स्कूल की देख-रेख के लिए स्टाफ की जरूरत है।'

और दूसरे दिन वह स्कूल के अंदर बने क्वार्टर में बच्चों सहित शिफ्ट हो गया। काम कुछ अधिक न था, स्कूल की देख-रेख करनी, सुबह ताला लगाना सायं को ताला बंद करना बस। उसके बच्चे भी उसी स्कूल में पढ़ने लगे, पत्नी को वहीं पर नर्सरी के छोटे बच्चों की देख-रेख करने की नौकरी मिल गई। रघुवीर अब खुश था।

आखिर इतने बड़े संघर्ष के बाद उसकी जिंदगी को एक ठौर जो मिल गया था।

□

हम हैं न साथ

'अरे हँसमुख आज चाय नहीं पिलाओगे क्या?' ठेली पर पहुँचते ही मिश्राजी बोले।

'क्यों नहीं बाबूजी! अभी लो, चाय पिलाने के लिए ही तो मैं यहाँ बैठा हुआ हूँ।' तुरंत ही चाय का गिलास मिश्राजी के हाथों में थमाते हुए वह बोला, 'बाबूजी, आज आप देर से आए, जरूर बच्चों की फीस जमा करके आ रहे होंगे।''

'तुम्हें कैसे मालूम?' चौंकते हुए उसकी ओर देखकर मिश्राजी बाले।

'आपका चेहरा उतरा हुआ है, ऐसा तब होता है, जब जेब से बड़े-बड़े नोट बाहर निकालने पड़ते हैं।' तुरंत जवाब दिया उसने तो ठेली पर बैठे लोग ठहाका मारकर हँस पड़े।

'तुम्हारा भी जवाब नहीं हँसुमख। यहाँ बैठे-बैठे दुनिया की खबर रखते हो। कहाँ से मालूम पड़ता है तुम्हें, यह सब?' मिश्राजी बोले।

'मुझे तो यह भी मालूम है कि आज ऑफिस आते वक्त आपने भाभीजी की डाँट **क्यों खाई?'** वह शरारत से हँसता हुआ बोला तो फिर ठहाका गूँज उठा।

'अरे, अरे! यह मत बता देना यहाँ पर।' मिश्राजी सचमुच झेंप गए।

हँसमुख लाल ! हाँ, इसी नाम से जानते थे लोग उसे। 'जतो नाम ततो गुण', यह कहावत उस पर एकदम फिट बैठती थी। उसके चेहरे पर हर समय मुसकराहट ही रहती थी। हँसना और हँसाना उसकी आदत में शुमार था।

पिछले कई वर्षों से वह कमिश्नर ऑफिस के बाहर चाय की ठेली लगाया करता था। पूरी कमिश्नरी के कर्मचारी और अगल-बगल के सरकारी तथा प्राइवेट ऑफिसों के कर्मचारी उसकी ठेली पर चाय पीने आते थे। उसकी ठेली के तीन तरफ लकड़ी के लंबे-लंबे जीर्ण-शीर्ण से बेंच बिछे रहते थे। जिन पर बैठकर चाय की चुस्कियों के साथ उसके ग्राहक अनेक प्रकार की चर्चाओं में मशगूल रहते। उसकी ठेली पर हर समय चहल-पहल बनी रहती। ठेली के बीच में टिन के कनस्तर को एक तरफ से काटकर बनाई गई बाउंड्री के अंदर चौबीसों घंटे स्टोव जलता रहता। जिस पर गरम पानी की बड़ी केतली चढ़ी रहती, ठेली के सामने की ओर काँच के बड़े-बड़े जारों में बेकरी के बिस्कुट, रस्क, फैन और पाकीजा सजे रहते, दाईं तरफ दूध से भरा बड़ा पतीला रहता और दाईं तरफ कई वर्ष पुराना धूप और धूल से बदरंग हो चुका फिलिप्स का रेडियो हर समय बजता रहता। रेडियो के सामने का मीटर और उसकी सुई धूल और धुएँ के कारण काली पड़ चुकी थी। उस पर भले ही कुछ दिखाई नहीं देता था, किंतु हँसमुख लाल अंदाज मात्र से ही हर कोई स्टेशन लगा लेता था। सुई घुमाने वाले बटन पर उसकी उँगलियाँ मीटर की तरह से एकदम सटीक बैठती थीं।

यों तो कमिश्नर कार्यालय के अंदर भी चाय नाश्ते की एक सुसज्जित कैंटीन थी, किंतु इसके बावजूद सारे कर्मचारी बाहर आकर हँसमुख लाल की ठेली पर ही चाय पिया करते थे। वहाँ पर पूरे शहर भर के समाचार और गतिविधियाँ सुनने सुनाने को मिल जाती थीं। इसके अतिरिक्त जो बड़ी बात थी, वह था हँसमुख लाल का व्यवहार। उसकी बातों में चुंबकीय शक्ति थी और शरीर में बिजली के जैसी फुरती, उसके कुशल व्यवहार और हाजिरजवाबी से सब मंत्रमुग्ध रहते थे। चर्चा घरेलू हो या बाजार की, धार्मिक हो या राजनैतिक, वह हर चर्चा में हिस्सा लिया करता और अपने तर्क भी देता था, साथ ही व्यंग्य तथा चुटकुलों से उस विषय को रोचक बना देता। वह पढ़ा-लिखा तो नहीं लगता था, पर हर विषय पर उसकी गहरी पकड़ थी।

वह उत्तर प्रदेश के किसी जिले का रहनेवाला था और यहाँ खालापार

बनी अवैध बस्ती में अपने परिवार के साथ रहता था। बस इससे ज्यादा कोई भी उसके बारे में और कुछ नहीं जानता था, लेकिन वह सबके बारे में सबकुछ जानता है। कौन सा बाबू कहाँ रहता है, उसके कितने बच्चे हैं, कितने-कितने में पढ़ते हैं, यहाँ तक कि उसे कब रिटायर्ड होना है, यह पूरी की पूरी जानकारी उसे सबके बारे में थी। पिछले पंद्रह वर्षों से वह यहाँ पर चाय की ठेली लगा रहा था। इस दौरान बहुत कुछ बदल गया था, किंतु नहीं बदली थी तो उसकी ठेली और उस पर रखा सामान।

उसके बारे में दो बातें बहुत महत्त्वपूर्ण और रहस्यपूर्ण थीं। एक तो यह कि वह दीन-दुखियों और वक्त के मारे इनसानों की सेवा में हरदम तत्पर रहता था। उसकी ठेली पर जो भी गरीब भूखा या भिखारी आता, वह उसके कहे बिना ही चाय और बिस्कुट इत्यादि आदर के साथ उसे खिलाता। यहाँ तक कि सड़क पर चल रहे जोगी-जोगटों को भी वह 'ओ बाबाजी, चाय पीकर जाओ' या 'ओ अम्माँ, चाय पी लो' की आवाज लगाकर उन्हें पैसे लिये बिना चाय-बिस्कुट खिलाता। उसके इस गुण के बारे में सब लोग जानते थे।

दूसरी महत्त्वपूर्ण और रहस्यमय बात ऐसी थी, जिसके बारे में किसी को भी मालूम नहीं था। वह यह कि वह हर शुक्रवार को ठेली बंद रखता है, जबकि रविवार को ऑफिसों की छुट्टी होने के बावजूद ठेली लगाता था। शुक्रवार को ही वह ठेली बंद क्यों रखता था, इसके बारे में पूछने पर भी वह हँसकर टाल देता था।

'हँसमुख, एक और चाय पिला, दे मलाई मारके, क्योंकि कल शुक्रवार है, तो नहीं आएगा।' साथ ही मुँह से गुटके की पीक पिचकारी बनाकर थूकते हुए रामबाबू बोले।

'चाय तो पी लीजिए, किंतु यह गुटखा-तंबाकू खाना छोड़ दीजिए, बाबूजी।'' गंभीर होकर हँसमुख ने जैसे आग्रह किया।

'क्यों, ऐसा तो मेरी बीवी ने भी नहीं बोला आज तक।' हँसते हुए रामबाबू बोले।

ठेली पर बैठे सब लोग खिलखिलाकर हँस उठे, अब उन्हें हँसमुख के चटकीले जवाब की प्रतीक्षा थी।

लेकिन यह क्या, हँसमुख जैसे और गंभीर हो गया—'अच्छी चीज नहीं यह, बीमारी होती है इससे।'

'आज तक तो हुई नहीं।' उसको गंभीर देख रामबाबू बोले।

'ईश्वर करे कभी हो भी न।' और हँसमुख फिर चाय बनाने में जुट गया।

माहौल में खामोशी छा गई, हँसमुख को इतना गंभीर कभी किसी ने देखा नहीं था।

'आज वर्माजी ऑफिस नहीं आए?' शुक्लाजी ने विषय बदला।

'बेटे के साथ गए हैं दिल्ली, उसका पेपर है।' हँसमुख ने बताया।

'यार हँसमुख तुम्हारे कितने बच्चे हैं, कभी बताया नहीं तुमने?'

शुक्लाजी ने मौका देख सवाल उछाल दिया।

'इस मामले में भगवान् की बहुत मेहरबानी है अपने ऊपर।' अपने चिरपरिचित अंदाज में हँसमुख रोब से बोला, 'तीन बच्चे हैं साहब, दो बेटे सैंट मेरी स्कूल में पढ़ते हैं और एक बेटी अभी आँगनबाड़ी में जाती है। बीवी का एक पैर खराब है, घर में अखबार के लिफाफे बनाने का काम करती है। कोई टेंशन नहीं है। खुल्ला खाते हैं, ऐश करते हैं साहब।'

रोब से कही गई उसकी बात पर सब हँसने लगे, लेकिन शुक्लाजी गंभीर हो गए, सोचने लगे, कितना जीवट आदमी है यह, इतना बड़ा परिवार होते हुए भी बच्चों को बड़े अंग्रेजी स्कूल में पढ़ा रहा है। एक चाय की ठेली पर ही बसर करता है, किंतु कभी इसको तनाव में नहीं देखा, हर वक्त खुशमिजाज रहता है। एक हम हैं, बच्चे की फीस, कमरे का किराया और राशन के बिल को लेकर हर महीने तनाव में ही रहते हैं।

'खुश रहने का कोई तरीका हमें भी बताओ यार हँसमुख।'' रामबाबू बोले।

'जिंदगी के एक-एक क्षण में, एक-एक घटना में खुशियाँ छिपी हैं

बस, उन्हें ढूँढ़कर जीने की जरूरत है।' किसी दार्शनिक की तरह बोला हँसमुख और फिर एक शेर भी मार दिया—'जिंदगी जिंदादिली का नाम है यारो, मुर्दे भी क्या खाक जिया करते हैं।'

'वाह-वाह!'

'वाह-वाह!'

'क्या बात है!'

चारों तरफ से वाहवाही मिली तो हँसमुख ने कमर झुकाकर चारों तरफ घूमकर हथेली माथे से लगाकर ऐसा अभिवादन किया, जैसे कोई बड़ा शायर मुशायरे के मंच पर हो। उसकी मुद्रा देखकर सब लोटपोट हो गए। दिन भर के ऑफिस का तनाव और बॉस की डाँट, वहीं हँसमुख की ठेली पर छोड़कर सब अपने-अपने घरों को चल दिए।

सुबह दफ्तर खुलने से पहले ही हँसमुख की ठेली खुल जाया करती थी, लेकिन आज दफ्तर खुलने के बाद भी हँसमुख ठेली पर नजर नहीं आया। दिन में लंच टाइम पर उसके ग्राहक ठेली तक आए और वापस चले गए।

आज पहली बार इतने वर्षों में ऐसा हुआ कि शुक्रवार के अलावा किसी अन्य दिन हँसमुख गैर-हाजिर रहा।

'कहाँ गया होगा?'

'लेकिन ऐसा कौन सा काम रहा होगा, जो इतने वर्षों में पहली बार उसे ठेली बंद करनी पड़ी।

कर्मचारी आपस में चर्चा कर रहे थे, सच तो यह है कि उन्हें भी हँसमुख की ठेली पर बैठने की आदत पड़ गई थी। ऐसा लग रहा था, जैसे वे आज कुछ भूल से गए हैं। या फिर आज जैसे उन्होंने कुछ खो दिया है। दो दिन हो गए, हँसमुख की ठेली नहीं खुली। अब तो उसके ग्राहकों की इंतजारी बेचैनी में बदल गई।

तीसरे दिन तय किया गया कि शुक्लाजी और रामप्रसादजी उसके घर जाकर पता करेंगे। खाले के पार वाली बस्ती में पहुँचते ही शुक्लाजी और

रामप्रसादजी को उसका घर ढूँढ़ने में कोई भी दिक्कत नहीं आई। बस्ती का बच्चा-बच्चा उसे जानता था। मालूम हुआ कि पिछले तीन दिनों से उसकी तबीयत खराब है।

छोटा सा घर, किंतु साफ-सुथरा, घर के बरामदे में ही कई लोग बैठे हुए दिखे तो एक अनजानी आशंका से दोनों का दिल घबरा उठा। दो अजनबियों को घर में आया देख अन्य लोग खड़े हो गए।

'हँसमुख लाल?' थूक गटकते हुए पूछा शुक्लाजी ने।

'जी अंदर हैं।' एक साथ कई लोग बोले।

अंदर जाकर देखा तो उन्होंने राहत की साँस ली, हँसमुख लाल एक चारपाई पर लेटा हुआ था। बगल में पत्नी पंखा झल रही थी।

'अरे बाबूजी, आप लोग?' उठने की कोशिश करते हुए हँसमुख लाल ने वही चिरपरिचित मुसकान के साथ कहा।

'क्या बात हो गई, तुम दो दिन से नहीं आए तो हम ही चले आए देखने।' रामप्रसादजी बोले।

'अरे, कुछ नहीं बस थोड़ा सा बुखार था। आप लोगों ने क्यों कष्ट किया?' मुसकराने के प्रयास में उसके चेहरे पर उभर आई दर्द की लकीरें छुपी नहीं रह सकीं।

'अरे, हमारा फर्ज नहीं बनता था क्या तुम्हें देखने का?' शुक्लाजी ने उसके माथे पर हाथ लगाया।

हँसमुख की पत्नी, जो इतनी देर से टुकुर-टुकुर दोनों को देख रही थी, अब फफककर रो पड़ी।

'क्या बात हो गई, बहनजी?' रामप्रसादजी ने धैर्य दिलाते हुए कहा।

'क्या बताऊँ भाई साहब, कुछ बताते ही नहीं, पिछले दस वर्षों से न जाने कौन सी बीमारी है इन्हें, हर शुक्रवार को अस्पताल जाते हैं इलाज करवाने। घर में कुछ बताते ही नहीं, कहते हैं, ठीक हो जाऊँगा, अब तीन दिन से तो हालत बहुत बिगड़ गई, पेट दर्द से तड़प रहे हैं। क्या करूँ, कुछ समझ में नहीं आता।' वह रोते-रोते बोली।

दस वर्षों से बीमारी! दोनों चौंक उठे, तो इसीलिए हर शुक्रवार को वह छुट्टी करता था।

रामप्रसादजी ने उसके सिरहाने रखी फाइल उठा ली, एक-एक पन्ना उलटने लगे, शुक्लाजी की नजरें भी उस पर गढ़ी हुई थीं, दूसरा-तीसरा पन्ना उलटते ही दोनों को एक झटका सा लगा, तो कैंसर है हँसमुख लाल को, फेफड़े का कैंसर। पिछले दस वर्षों से इलाज करवा रहा था। डॉक्टर ने तत्काल ऑपरेशन की सलाह लिख दी थी।

कितना जीवट और खुद्दार इनसान है यह भी। कैंसर जैसी बीमारी से लड़ते हुए भी कितना खुशमिजाज कि कभी किसी को अपनी बीमारी का अहसास ही नहीं होने दिया।

'तुमने पहले बताया नहीं कभी?' आँखों में आँसू आ गए थे रामप्रसादजी के।

'दर्द बाँटकर क्या हासिल होता, होना तो वही है, जो ईश्वर को मंजूर होगा। इसलिए सबको ही खुशियाँ बाँटने की कोशिश करता हूँ।' पीड़ाजनक मुसकराहट के साथ हँसमुख बोला।

'तो फिर ऑपरेशन क्यों नहीं करवाया अब तक?' भावुक हो उठे थे शुक्लाजी भी।

'तीन लाख कहाँ से आएगा, यह सोचकर खाली दवाइयाँ ही ले लेता हूँ। बच्चे पढ़-लिख जाएँ तो इनका जीवन बन जाएगा। अपना क्या है, काफी जी लिये।' हँसमुख लाल वही पुरानी हँसी हँसते हुए बोला।

खड़े नहीं रह पाए, वहाँ पर रामप्रसादजी और शुक्लाजी, दोनों बाहर आ गए बरामदे में कुछ देर सामान्य होने के बाद वहीं एक कोने से दोनों मोबाइल से किसी से बातें करने लगे।

'अरे, चाय तो बना बाबू लोगों के लिए।' अंदर से हँसमुख की आवाज आई तो दोनों कमरे के अंदर चले गए।

'नहीं हँसमुख, चाय तो हम तुम्हारी ठेली पर ही पीएँगे।' शुक्लाजी गंभीर होकर बोले।

'और वहाँ पर गपशप भी तो करनी है न।' रुआँसे हो गए थे रामलालजी भी।

दस मिनट भी नहीं बीते होंगे कि बस्ती में सायरन की आवाज के साथ धड़धड़ाती हुई एंबुलेंस हँसमुख के घर के सामने आकर रुकी। सिर्फ एंबुलेंस ही नहीं, साइकिल, मोटर साइकिल, स्कूटर और कारों पर सवार कई लोग वहाँ पहुँच चुके थे, घर का आँगन खचाखच भर गया था लोगों की भीड़ से। मानो सारा शहर जमा हो गया हो।

'बहनजी, आप दिल्ली जाने की तैयार करो जल्दी। तीन लाख का इंतजाम हो गया, हँसमुख के सारे ग्राहक उसके ऑपरेशन का खर्चा उठाएँगे, आप चिंता न करो। हम हैं न साथ।' रामप्रसादजी हँसमुख की पत्नी से बोले।

और हँसमुख, वह तो हतप्रभ था लोगों का प्रेम देखकर, आँखों से आँसू छलक आए उसके। शायद पहली बार किसी ने उसकी आँखों में आँसू देखे होंगे।

□

कफन कर्ज में

'सुनते हो' बिटवा का बुखार तो उतरने का नाम नहीं ले रहा है। माथा तो जैसे अंगारा हो रहा है।' पैबंद लगी धोती से बेसुध पड़े बच्चे का माथा पोंछती मंजरी चिंताजनक स्वर में बोली।

कच्चे फर्श पर बैठा गबरू बच्चे की ओर झुक आया, उसके माथे को स्पर्श किया, माथे पर कुछ और रेखाएँ बढ़ गईं। पहले से ही इतनी चिंताएँ दुश्चिंताएँ थीं कि माथे पर स्थायी लकीरें खिंच चुकी थीं। अब इनमें बच्चे की बीमारी के पश्चात् कौन सी रेखा खिंची, यह पहचानना नामुमकिन ही था। कद-काठी और सेहत ऐसी कि गबरू नाम सुनते ही व्यंग्य कसना का रूप लेकर उपस्थित होता प्रतीत हो। अपनी माँ से उसने सुना था कि बचपन में उसकी अच्छी सेहत और गोल-मटोल काया को देखते हुए ही गबरू नाम दिया था। अब तो यह हाल है कि शरीर की एक-एक नस और एक-एक हड्डी को गिनने में अधिक मशक्कत करने की जरूरत नहीं।

झोंपड़ी में काँच की बोतल में केरोसिन भरकर बनाई गई चिमनी की धुँधलकी रोशनी पसरी थी। एक ओर बुझा हुआ चूल्हा, जिसकी राख वहीं फैली थी, दो-चार टूटे-फूटे अल्युमिनियम के बरतन और दूसरी ओर एक जंग लगा संदूक, जमीन पर बिछा एक पतला सा तार-तार हो चुका गद्दा, जिस पर तेज बुखार से कराहता हुआ पाँच-छह वर्ष का बच्चा लेटा हुआ था।

ईंट की दीवार पर कील ठोककर टाँगे गए कुछ कपड़े और एक ओर शिव, गणेश का रंगीन कलेंडर। बस यही थी गबरू की दुनिया।

इस बीमार बच्चे के अलावा गबरू के दो बच्चे और हैं, जो इस समय नदी किनारे इस अवैध कच्ची बस्ती के बाहर खेल रहे हैं। वैसे भी इस कोठरी में रहने के बजाय बाहर खुली हवा में रहना ज्यादा अच्छा लगता है।

एक नदी का खदान क्षेत्र है यह। यहाँ की मिट्टी सोना उगलती है। करोड़ों की बालू, मिट्टी निकाली जाती है इस नदी से। जिसे इस खदान का पट्टा मिल जाए वह मालामाल, लेकिन जहाँ पैसा अधिक हो, वहाँ अपराध भी पनपते हैं। सरेआम गोलियाँ चलतीं, पिछले कुछ वर्षों में कुछ हत्याएँ हुईं, जिन्हें दुर्घटना का रूप देकर रफा-दफा कर दिया गया। जितने का पट्टा, उससे कहीं अधिक खदान, सरकारी अधिकारी आँख पर पट्टी बाँधे रहते। आखिर जान किसे प्यारी नहीं होती। ऐसे ही एक खनन व्यापारी के साथ मजदूरी करता गबरू। गलत काम के इस खेल में बड़े लोग तो पहुँच के चलते बच जाते हैं, लेकिन कभी ड्राइवर फँस जाते तो कभी मजदूर।

क्या करे वह भी? मालिक का आदेश मानें या सरकार की सुनें, उनके लिए तो वही सही, जो मालिक का आदेश।

किसी चीज की अति होती है तो दुष्परिणाम भी भुगतने होते हैं। पैसे वालों का तो अधिक कुछ नहीं बिगड़ता, लेकिन गरीब पर चौतरफा मार पड़ती है। सर्वोच्च न्यायालय ने आदेश पारित कर नदी में खदान बंद करवा दिया और गबरू जैसे कई मजदूर बेरोजगार हो गए। कुछ दिन हाय-तौबा हुई, प्रभावित लोगों ने न्यायालय जाने की भी बात की, लेकिन झील में कंकड़ डालने पर कुछ समय बाद जैसी शांति चारों ओर पसर गई थी।

नदी में खदान अब भी जारी था, लेकिन पूर्णतया: अवैध। काफी रात को इस काम को अनजाम देनेवाले होते हैं मालिक के खास लोग। वे लोग,

जो समय पड़ने पर किसी पर गोली चला दें और ट्रैक्टर ट्रॉली का पहिया किसी जीते-जागते इनसान पर चढ़ा दें। पिछले वर्ष ही एक अधिकारी जब अवैध रूप से हो रहे खनन पर छापा डालने पहुँचे थे, तो उनके ऊपर भी ट्रैक्टर-ट्रॉली चढ़ाने की कोशिश की गई थी, जिसमें वे बाल-बाल बच गए थे।

बरसों से यही काम करता गबरू कुछ समय तो प्रतीक्षा करता रहा कि शायद रोक हटे और वह पुनः काम करना आरंभ करे, लेकिन ऐसा कुछ न हुआ।

'मालिक काम दिलवा दीजिए कहीं, चाहे तो अपनी ही कोठी में काम दीजिए। चौकीदार, माली कुछ भी काम करूँगा मैं।' हाथ जोड़कर एक दिन गबरू अपने मालिक की भव्य कोठी के बड़े से लॉन में कँपकँपाते हुए खड़ा था।

'ये तो सब हैं मेरे घर में, फिर भी देखता हूँ क्या कर सकता हूँ मैं तेरे लिए।' मेज पर पड़ी फाइल पर निगाह गड़ाए हुए ही जवाब दिया उन्होंने।

एक माह बीत गया इस आश्वासन को भी। मजदूरी की तलाश में भटकते गबरू को किसी दिन काम मिलता तो कभी नहीं। जिस दिन काम मिल जाता, उस दिन गबरू कागज के लिफाफों पर दाल और चावल खरीद लेता और फिर शाम को चूल्हा जलता। घर के कुछ बरतन बिके, बनिए ने उधार देने से इनकार कर दिया, और अब बच्चे की बीमारी ने गबरू की चिंता और बढ़ा दी थी।

पहले खाँसी के साथ हल्का बुखार आरंभ हुआ, तो बनिए की दुकान से ही बुखार की गोली ले ली, बनिए की दुकान वहाँ हर मर्ज की दवा थी।

बुखार घटने के स्थान पर बढ़ता गया। पास में ही सरकारी अस्पताल था, डॉक्टर ने खून जाँच करवाई, एक्स-रे खिंचवाया, रिपोर्ट देख गंभीर सा चेहरा बनाया।

'दवाइयाँ लिख रहा हूँ। अस्पताल में तो मिलेंगी नहीं, बाहर से ले लेना।'

अस्पताल के बाहर ही दवाई की दुकान थी, खोजने का प्रयास करें तो अस्पताल की आधी से अधिक दवाइयाँ तो यहीं मिल जातीं। गबरू ने परचा दुकान के काउंटर पर रख दिया।

'कितने पैसे हैं तुम्हारे पास? ये तो बहुत महँगी दवाएँ हैं।' कैमिस्ट ने गबरू की दशा देखकर जैसे भाँप लिया हो कि जेब खाली ही है।

'कितने की है?' गबरू ने सूखते होंठों पर जीभ फिराई।

'हफ्ते भर की पाँच सौ रुपए में। राजरोग लग गया तेरे बेटे को। ऐसा कर, तू बड़े शहर चला जा, वहाँ के सरकारी अस्पताल में मुफ्त इलाज हो जाएगा। यहाँ तो…।' और उसने स्थिति की भयावहता से गबरू को अवगत करा दिया।

'पाँच सौ रुपए!' गबरू का मुँह खुला–का–खुला रह गया।

कैमिस्ट से परचा वापस लिया, तोड़-मोड़कर कमीज की जेब में डाल दिया। बुखार में तड़पते बेटे की तसवीर आँखों में कौंध गई, हिम्मत कर फिर परचा वापस निकाला।

'भैया, एक सप्ताह की दवा उधार दे दोगे, भगवान् तुम्हारा भला करेगा। मैं कुछ दिन में लौटा दूँगा।'

परचा काउंटर पर रखते हुए कुछ बोलने की हिम्मत जुटाई गबरू ने।

कैमिस्ट ने उसकी ओर यों देखा, मानो वह अजायबघर से छूटा हुआ कोई प्राणी हो, चेहरे पर उपहास के भाव उभर आए।

'यह दवाई की दुकान है, यहाँ उधार नहीं मिलता।'

गबरू एक बार फिर अपने मालिक की ड्योढ़ी पर खड़ा था।

'मेरा बेटा बहुत बीमार है साहब और इतने समय से काम भी नहीं चल रहा। साहब, दवाई के लिए कुछ पैसा उधार मिल जाता तो…।'

'काम नहीं चल रहा तो इसमें मेरी गलती है क्या? जा, जाकर सुप्रीम कोर्ट से लड़, वहीं से माँग पैसे।' मालिक ने काम बंद होने की पूरी

झल्लाहट गबरू पर उतार दी।

'रहम करो मालिक, मेरा बेटा···।' वह कहना चाहता था 'मर जाएगा', लेकिन शब्द कंठ में ही घुट गए। अपने ही रक्तबीज के लिए इतना बुरा वह कह न पाया।

'अरे मकबूल! देख तो सीमेंट का ट्रक आ गया क्या?' मालिक ने किसी को पुकारा।

'हाँ मालिक! बाहर ही तो खड़ा है, पंद्रह मिनट हो गए।'

'जा बाहर से सीमेंट के बोरे अंदर गोदाम तक रखवा दे।' उसने गबरू से कहा।

गबरू के मन में रोशनी की एक किरण जाग उठी, बिना कुछ कहे ही तुरंत ट्रक के पास जा पहुँचा। मालिक से पैसा पाने और बच्चे की दवा लेकर घर जाने की जल्दी में गबरू के अंदर एक अकुलाहट पैदा कर दी। सीमेंट की भारी-भारी बोरियाँ उसे फूल के माफिक हल्की प्रतीत हो रही थीं।

एक घंटे के बाद पसीना पोंछता गबरू फिर मालिक के सामने खड़ा था।

'ये ले ले।' मेज पर पड़े रुपयों की ओर मालिक ने इशारा किया।

'दो सौ रुपए?' हताश गबरू ने सौ-सौ के दो नोटों को उलट-पलटकर देखा।

'मालिक पाँच सौ रुपए दे दीजिए, मैं आपका उधार चुका दूँगा, आप जो कहेंगे, वह करूँगा मालिक।' और उसने मालिक के पैर पकड़ लिये।

थोड़ी ही देर में उस दिन का तीन सौ रुपए का और कर्ज सिर पर चढ़ा, गबरू बच्चे की दवा ले घर लौटा। पत्नी बेसब्री से उसकी प्रतीक्षा कर रही थी। दवा का लिफाफा उसके हाथ में देते हुए गबरू ने चैन की साँस ली।

तब से एक माह बीत गया। गबरू को कभी काम मिलता, कभी नहीं। कभी पुराना मालिक काम देता, तो गबरू मजदूरी से अधिक कर्ज

माँग लेता। मालिक का मन ठीक होता तो दे देता, नहीं तो फटकार मिलती। पैसे मिलते तो बच्चे की दवाई आ जाती अन्यथा खाने के भी लाले पड़ जाते।

'ऐसी अनियमितता और भरपेट भोजन भी न मिलने के कारण बच्चे की बीमारी ठीक नहीं हो पा रही थी। आज फिर वह तीव्र ज्वर में तड़प रहा था। रह-रहकर खाँसना और उसके साथ दो-चार रक्त के छींटें हवा में बिखर जाते। चिमनी की धुँधलकी रोशनी में लाल रक्त कण कहाँ बिखरते, यह किसी को दिखाई न देता।

अचानक बच्चे ने एक जोर की हिचकी ली और जो छींटें अदृश्य थे, वही बड़ा रूप ले स्पष्ट दृष्टिगोचर हुए।

गबरू उसे गोद में उठा अस्पताल की ओर दौड़ा। रात के आठ बज चुके थे, इमरजेंसी एक फार्मेसिस्ट के हवाले थी। अस्पताल परिसर में ही डॉक्टर का घर था, लेकिन गबरू जैसे महत्त्वहीन व्यक्ति के लिए वह अपने आराम का त्याग क्यों करता!

'इंजेक्शन लाना पड़ेगा बाहर से, तभी कुछ किया जा सकता है।' फार्मेसिस्ट ने बेचारगी में सिर हिलाया।

'कितने का होगा?'

'पाँच सौ से कम का क्या होगा। महँगा है, तभी तो जान बच पाएगी बच्चे की।'

पत्नी और बच्चे को वहीं अस्पताल में छोड़कर मायूस गबरू मालिक के द्वार पर पहुँचा। कोठी के लॉन में किसी पार्टी की तैयारी चल रही थी। मालिक अंदर तैयारियों में व्यस्त थे।

'मालिक अभी नहीं मिल सकते, उनकी बेटी की सगाई है आज।' बाहर ही किसी ने उसे टोक दिया।

'लेकिन मेरा बच्चा...। ईश्वर भला करेगा तुम्हारा।' बच्चे के लिए एक बार फिर कुछ बुरा मुँह से न निकला।

लेकिन आज ऊपर वाले ने जो करना था, वह टल नहीं सकता था।

गबरू दो-तीन जगह गया, लेकिन कहीं सहायता न मिली।

हर स्थान से निराश-हताश गबरू रात्रि दस बजे अस्पताल वापस पहुँचा, तब तक सब समाप्त हो चुका था। पत्नी बच्चे का निर्जीव शरीर गोद में डाले सिसक रही थी। बेचैनी से बरामदे में टहलता फार्मेसिस्ट उसी की प्रतीक्षा कर रहा था।

दोनों पति-पत्नी देर रात बच्चे का निर्जीव शरीर लिये घर पहुँचे तो यहाँ इस शरीर को ढाँपने के लिए भी कपड़ा न था।

मंजरी ने एक ओर से अपनी धोती फाड़ी और बच्चे का मृत शरीर ऊपर से नीचे तक ढाँप दिया। न कहीं बिजली चमकी, न बादल गरजा, न कोई चमत्कार हुआ। एक बेबस माँ ने अपने पुत्र के मृत शरीर को सम्मान देने हेतु अपनी लज्जा का एक कोना फाड़ दिया, लेकिन न ऊपर बैठे भगवान् को दया आई और न नीचे रहनेवाले इनसान को, क्योंकि न तो ये राजा हरिश्चंद्र की कथा थी और न ही सतयुग।

'जीते जी तो हम बिटवा की रक्षा न कर पाए, अब तो संस्कार करेंगे ही, वरना ऊपर जाकर बिटवा को क्या मुँह दिखाएँगे।' धर्मभीरू मंजरी इस लोक को तो सुधार न पाई, लेकिन परलोक अवश्य सुधारना चाहती थी।

'जाओ, बनिए के पास जाओ, मालिक के पास जाओ, बोलो यह आखिरी कर्जा है और बहुत जरूरी भी है। वरना हमारे बिटवा की आत्मा…' और मंजरी दहाड़ मारकर रो पड़ी।

और गबरू एक बार फिर कफन के लिए कर्ज माँगने मालिक के द्वार पर खड़ा था। □

दुष्चक्र

घनघोर बरसात का मौसम। बाहर घना कुहासा छाया था और साथ ही सुनाई पड़ता बिजली का गर्जन-तर्जन। कमल को लगा, जैसे फोन बज रहा है। वह भी लैंडलाइन। इस फोन की घंटी सुनने की तो आदत ही नहीं रह गई थी अब। जब से मोबाइल फोन का जमाना आया है, बेस फोन तो शो-पीस बनकर ही रह गया है। उसे लगा वहम हुआ, लेकिन नहीं, यह वहम नहीं था। घड़ी की ओर देखा, बारह बजने को थे। इस वक्त कौन हो सकता है।

'भाई साहब, ये अभी तक नहीं आए।' उधर से घबराई सी आवाज, ये तो भाभीजी हैं प्रशांत की पत्नी। कोई नई बात तो नहीं प्रशांत का देर तक घर वापस आना। राजनीति से जुड़े होने के कारण अकसर वह देर से घर वापस आता।

उसने यही बात उन्हें समझानी चाही, लेकिन उसका अपना स्वर ही उसे धोखा देता सा प्रतीत हुआ। पिछले कुछ समय से प्रशांत परेशान लग रहा था। जिस उद्‌देश्य और आशा को लेकर गाँव की सुरम्य और शांत वादियों को छोड़ आपाधापी भरे इस शहर में चला आया था, वही सपना बिखरता सा प्रतीत हो रहा था।

'मेरा मन घबरा रहा है, उनका फोन भी नहीं लग रहा। परेशान से भी थे वो कुछ समय से।' उधर से फिर स्वर उभरा।

'मैं देखता हूँ, आप चिंता मत करो।'

कमल ने एक-एक कर, जहाँ भी प्रशांत का उठना-बैठना था, फोन मिलाने आरंभ किए। मूसलधार वर्षा में किसी के मोबाइल का सिग्नल नहीं मिला तो कोई मौसम का आनंद लेता नशे में धुत्त था।

हारकर उसने स्वयं ही गाड़ी निकाल ली, घने कोहरे और तेज बारिश में हाथ को हाथ न सुझाई देता, किसी तरह फॉग लाइट का सहारा लेकर उस अर्द्धरात्रि में कमल एक घर से दूसरे घर भटकता रहा, लेकिन प्रशांत का कहीं पता न चला।

पूरी रात दुश्चिंता में कटी। सुबह थोड़ी सी आँख लगी ही थी कि मोबाइल बज उठा।

'आप थोड़ी देर के लिए अस्पताल आ जाएँगे।' उधर से अपरिचित स्वर।

'दरअसल इनके मोबाइल से आखिरी कॉल आप ही को करने की कोशिश की गई थी, इसलिए हमने आपको…।'

बुरी तरह घायल अवस्था में प्रशांत शहर से दूर झाड़ियों में पड़ा था। सुबह शौच के लिए गए कुछ ग्रामीणों ने देखा और पुलिस को फोन कर दिया, कुछ देर और पड़े रहते तो…। मारने वाले तो मरा समझकर ही छोड़ गए शायद।

थोड़ी ही देर में यह खबर आग की तरह फैल गई। अस्पताल के बाहर लोगों का ताँता लग गया। थोड़ी ही देर में लालबत्ती धारी गाड़ियाँ, श्वेत वस्त्र धारण किए लोगों का ताँता सा लग गया। सबके दु:ख-दर्द में शामिल होने वाला प्रशांत लोकप्रिय होने के साथ-साथ प्रदेश के एक कद्दावर मंत्री का खास दाहिना हाथ माना जाता था।

प्रशांत आई.सी.यू. में पड़ा था। अभी उसके एक ऑपरेशन की तैयारी थी, उसके सिर पर किसी भारी धातु से वार किया गया था, साथ ही गला घोटने का प्रयास भी, लेकिन यह दैवीय चमत्कार ही था या प्रशांत के कुछ पुण्य कर्मों का फल कि इस घायलावस्था में रात भर वर्षा के उस वेग में पड़े रहकर भी उसकी साँसें चल रही थीं।

'मंत्रीजी आए।' अचानक एक ओर से शोर उभरा। ऊपर से नीचे तक काले कपड़ों से लैस हाथों में मशीनगन थामे तीन-चार लोग धड़धड़ाते हुए अस्पताल में प्रवेश हुए और उनसे घिरे थे सफेद कलफ लगे कपड़ों में लिपटे मंत्रीजी। वही मंत्रीजी, जिनके कारण प्रशांत अपने गाँव की सुरम्य वादियों को छोड़ इस शहर में चला आया था। जहाँ कंक्रीट के जंगलों के समान लोगों के दिल भी हो चुके थे।

मंत्रीजी के आते ही कुछ लोगों ने प्रशांत पर हुए हमले की न्यायिक जाँच की माँग उठाई तो कुछ ने मंत्रीजी की हाय-हाय ही कर डाली। मँजे हुए खिलाड़ी की भाँति चेहरे पर दुनिया भर की संवेदना ओढ़े मंत्रीजी ने प्रशांत को न्याय दिलाने का वादा किया।

डॉक्टरों से सलाह-मशविरा कर मंत्रीजी प्रशांत की पत्नी की ओर मुड़े। रात भर की उनींदी आँखों में नींद का नामो-निशान न था, अलबत्ता रोने के कारण सूज गई आँखें बंद होती सी दिख रही थीं। मंत्रीजी ने उसके सिर पर हाथ रखा। सिसकियों का स्वर रुदन में बदल गया।

अचानक अनहोनी सी हुई, आई.सी.यू. के द्वार पर खड़े कमल ने मंत्रीजी का गला पकड़ लिया।

'यह सब तुमने करवाया न और यहाँ आकर नौटंकी कर रहे हो, इसीलिए लाए थे उसे यहाँ।'

मंत्रीजी के कमांडो तुरंत हरकत में आए। मंत्रीजी ने कॉलर दुरुस्त किया, लेकिन फिर भी कड़क कलफ लगे कुरते पर सलवट तो पड़ ही गई।

'बहुत गहरी दोस्ती है दोनों की, उसकी यह हालत देख सदमा लगा है।' पत्रकारों के सवाल का कुछ इस तरह जवाव दिया मंत्रीजी ने।

'कोई काररवाई करेंगे आप कमल पर।'

'नहीं-नहीं, काररवाई का तो सवाल ही नहीं पैदा होता। अपना ही आदमी है, मित्र की हालत देख मानसिक संतुलन खो बैठा है।' मंत्रीजी ने उदारता का परिचय दिया और हूटर बजाती गाड़ी में सवार होकर अपने

काफिले के साथ निकल गए।

कमल प्रशांत का बचपन से लेकर अब तक का साथी है। गाँव की दुर्गम पगडंडियों से लेकर राज्य की राजधानी तक का सफर दोनों ने लगभग एक साथ ही तय किया।

दुर्गम पहाड़ियों पर स्थित छोटे से हरे-भरे सुरम्य गाँव में जन्म हुआ दोनों का। प्रशांत के पिता जहाँ फौज में नौकरी पर थे, तो कमल के पिता मामूली किसान। खेती-बाड़ी से इतना भर हो जाता कि बच्चों को दो वक्त की रोटी खिला पाते।

दोनों ने एक साथ गाँव के प्राथमिक विद्यालय में शिक्षा आरंभ की। जहाँ प्रशांत प्रखर बुद्धि का धनी था, वहीं कमल किसी तरह कक्षा पार कर ही जाता।

'थोड़ी सी बुद्धि दोस्त से उधार क्यों नहीं ले लेता?' गणित में मुश्किल से पास होने वाले कमल पर गणित के शिक्षक तंज कसते।

स्कूल बीता, अब कॉलेज का समय आया। कॉलेज में प्रशांत और कमल की दोस्ती दो बैलों की जोड़ी के नाम से विख्यात हुई, प्रशांत के जुझारूपन को देखते हुए मित्रों ने छात्रसंघ चुनाव लड़ने की सिफारिश कर डाली।

'अरे, हम ठहरे ठेठ गाँव के गँवई लोग, शहरों के चुनावी पैंतरे नहीं जानते। हमें तो ऐसे ही रहने दो तो ठीक।' प्रशांत का दो टूक जवाब था।

मित्रों और शुभचिंतकों ने बहुत जोर डाला तो मान गया। उसकी छवि और छात्र-छात्राओं की समस्याओं को दृढता से उठाने का ही असर था कि दूसरे गुट के पैसे वाले और एक वरिष्ठ नेता के वरदहस्त प्राप्त प्रतिद्वंद्वी को हरा तो दिया, लेकिन चुनाव प्रचार के दौरान प्रतिद्वंद्वी गुरु द्वारा उसको बदनाम करने के लिए खेले गए पैंतरों से मन दु:खी हुआ।

'यह तो छात्र संघ का छोटा सा चुनाव मात्र है, इसमें भी इतनी गंदगी? लोग मुद्दों पर क्यों नहीं लड़ते? सिद्धांतत: यदि उन्हें मेरी विचारधारा पसंद नहीं है तो उस पर बात करें, व्यक्तिगत आक्षेप क्यों लगाते हैं ये लोग?'

'इसे छोटा सा चुनाव मत समझो, ये तो पहली सीढ़ी है आगे बढ़ने की, इसलिए लोग साम, दाम, दंड, भेद सबकुछ इस्तेमाल करते हैं इसमें।' एक मित्र ने कहा और साथ ही कुछ एक छात्र नेताओं के नाम भी गिना दिए, जो अब ब्लॉक प्रमुख, विधायक व मंत्री पद पर आसीन थे।

'लेकिन बहुत पीड़ा होती है यह देखकर। इसे देखकर तो लगता है, साफ-सुथरे ढंग से कभी चुनाव जीता ही नहीं जा सकता।' चुनाव जीत जाने के बाद भी प्रशांत के स्वर में निराशा थी।

'क्यों? तू जीता नहीं है क्या साफ-सुथरे तरीके से? आज भी अच्छा काम करनेवालों की पूछ है। लोग सम्मान करते हैं उनका।' कमल की प्रसन्नता सातों आसमान छू रही प्रतीत हो रही थी।

प्रशांत बहुत प्रसन्न तो न था, पर साथियों का उत्साह देख चेहरे पर मुसकान आ ही गई, इन प्रपंचों को देखकर उसने राजनीति से तौबा करने की सोची, लेकिन फिर मन में आया। 'अगर उसके जैसे सभी लोग राजनीति से मुँह मोड़ेंगे तो देश का भविष्य किन लोगों के हाथ में जाएगा? नहीं उसे यहीं टिकना है, मजबूती और ईमानदारी से टिकना है, और दिखाना है सबको कि राजनीति अच्छे लोगों के लिए अछूत नहीं।'

स्नातक परीक्षा उत्तीर्ण हुई। प्रशांत का मन अब पत्रकारिता करने का था। अपने और अन्य लोगों के हितों के लिए लड़ने का एक सशक्त माध्यम लगा उसे पत्रकारिता। प्रशांत के लिए जहाँ यह समाजसेवा का कारण था, वहीं कमल के लिए जीविकोपार्जन का साधन। पत्रकारिता कर किसी छोटे-मोटे अखबार में नौकरी तो मिल ही जाती, वैसे भी घरवालों की इतनी क्षमता न थी कि उसे आगे पढ़ा सकते।

न भूख, न आँखों में नींद, छत को ताकता कमल अस्पताल के बेंच पर बैठा था।

'जैसे मैं तुझे जिद कर शहर से गाँव वापस ले गया था, वैसे ही तू क्यों नहीं ले गया मुझे। मैंने कहा था, मैं दलदल में फँस रहा हूँ, निकलने की राह नहीं मिल रही।' कानों में अस्फुट सा प्रशांत का स्वर गूँजा।

'मैंने कोशिश की, बहुत कोशिश की, पर मुझे लगा, मैं तो स्वयं ही इस कीचड़ में आकंठ डूब चुका हूँ, कैसे निकालूँ तुझे?'

'हम लोग गाँव में सुख-शांति से रहते। अपना और परिवार का पेट पालने लायक तो पर्याप्त था हमारे पास।'

'तो अब चलते हैं, दोनों एक-दूसरे का सहारा बनेंगे। तो खींच ही लेंगे एक-दूसरे को।'

'अब कहाँ संभव है कमल, मैं तो बहुत दूर निकल गया अब।'

'कितनी दूर? तू जहाँ भी गया है, मैं वापस ले आऊँगा तुझे।'

प्रशांत जोर से हँसा, बहुत जोर से और फिर दूर होता गया, कमल चिल्लाया, लेकिन वो नहीं रुका, हँसता रहा और दूर होता रहा।

कमल पसीने से सराबोर हो चौंककर उठ बैठा, ओह तो सपना था यह, लेकिन सपना भी कैसा, सच सा ही। वह हड़बड़ाकर उठ बैठा। ऑपरेशन कक्ष की लाल बत्ती जल रही थी अभी तक।

एक बार फिर पुरानी यादें चलचित्र की भाँति उसकी आँखों में घूमने लगीं, पत्रकारिता करने के बाद कमल ने एक स्थानीय अखबार में नौकरी कर ली, लेकिन प्रशांत गाँव वापस लौट गया।

'तू भी साथ चलता तो···।'

'नहीं प्रशांत, तू जानता है, मेरे घर वालों को मेरी मदद की जरूरत है। उन पर और बोझ नहीं बन सकता।'

जुझारू प्रवृत्ति और हर किसी की मदद को तत्पर रहने के जज्बे ने प्रशांत को कम ही समय में पहले गाँव का फिर आसपास के क्षेत्र का अघोषित नेता बना दिया।

'पद रहेगा तो मजबूती से लड़ पाओगे।' ऐसा कई बड़े-बूढ़ों ने समझाया तो पहले ग्राम प्रधान, फिर क्षेत्र पंचायत और फिर ब्लॉक प्रमुख तक का सफर उसने कम ही समय में तय कर लिया।

कमल ने पत्रकारिता में डिग्री प्राप्त करने के पश्चात् वहीं कस्बे में किसी स्थानीय अखबार में नौकरी आरंभ की।

आरंभ अच्छा हुआ, पत्रकार बन क्षेत्र की समस्याएँ उठाना, ज्वलंत मुद्दों पर शासन का ध्यान आकर्षित करना संतोषजनक लगा। खबर का असर होता देख कलेजे में ठंडक महसूस होती, लेकिन समय बीतने के साथ बहुत सी असलियत सामने आने लगी। अखबार धीरे-धीरे समाचार प्रकाशित करने का साधन कम, भाँति-भाँति के विज्ञापनों की दुकान अधिक नजर आने लगे। एक संस्थान भ्रष्टाचार में लिप्त है। उसका लेख नहीं छपने का कारण जानने पर जो जवाब मिला, वह खून के घूँट पी जाने जैसा था।

'तुम जैसे कई पत्रकारों का वेतन उस संस्थान के विज्ञापनों से होनेवाली आय से होता है। क्या वेतन गँवाना चाहते हो अपना?'

'घर-परिवार की जिम्मेदारी न होती तो लात मार आता ऐसी नौकरी को, न आत्मसम्मान, न काम की संतुष्टि।' प्रशांत के सम्मुख मन की बात छुपा न पाया।

'तो वापस चला आ सबकुछ छोड़कर।'

'पागल हो गया है तू, बीबी-बच्चे, माँ-पिताजी, बहन सबकी जिम्मेदारी है मुझ पर, भूखे मार दूँ क्या उन्हें?'

'भूखों मरने को नहीं बुला रहा तुझे। बहुत काम है यहाँ पर तेरे जैसे लोगों की जरूरत है मुझे, ईमानदारी से काम करेगा, तब भी उससे ज्यादा ही कमाएगा जितना दूसरों की नौकरी कर कमा रहा है।'

और कमल चला आया वापस उसी गाँव में, जहाँ से काम की तलाश में बाहर निकल आया था। क्षेत्र में कई परियोजनाएँ चल रही थीं, जिनमें बहुत से कार्य बाहरी एजेंसी से कराए जाते। बस प्रशांत ने कमल से यही काम करने को कहा। जीवन की गाड़ी पटरी पर सरपट दौड़ने लगी।

विधानसभा चुनाव सिर पर थे। पूर्व की भाँति कई उम्मीदवारों ने प्रशांत से मदद की उम्मीद की, स्थानीय स्तर पर कई चुनाव लड़ने के बाद भी प्रशांत अब तक किसी राजनीतिक दल से नहीं जुड़ा था, लेकिन इस बार नजारा कुछ और था, उत्साह और ऊर्जा से भरपूर एक युवा निर्दलीय

उम्मीदवार चुनाव मैदान में था। प्रशांत को वह बहुत भाया, ईमानदारी, मेहनत सुशासन की बातें, क्षेत्र का कायापलट कर देनेवाली उसकी सोच प्रशांत के मन को छू गई। बस जी-जान लगा दी उसने इसे जिताने में। वह जीता और उस जीत में महत्त्वपूर्ण योगदान दिया प्रशांत के क्षेत्र से पड़े इकतरफा वोटों ने।

समय का चक्र चला। बड़ी पार्टी को दो विधायकों की और आवश्यकता थी, सो समर्थन के एवज में यह विधायकजी मंत्री पद पा गए। शपथ ग्रहण के तुरंत बाद देवी दर्शन करने आए मंत्रीजी प्रशांत का धन्यवाद करना न भूले, बहुत आग्रह किया साथ में राजधानी चलने का।

'तुम्हारा भी भविष्य सँवरेगा और क्षेत्र का भी। आज जहाँ पर मैं हूँ, कल तुम भी हो सकते हो। सोचो, कितना काम कर पाओगे तुम, कितना विशाल क्षेत्र मिलेगा काम करने को।'

प्रशांत ने सोचा, ठीक ही तो कह रहा है, यह व्यक्ति। यदि उसके पास पावर होगी, संसाधन होंगे तो और अच्छा काम कर पाएगा, और फिर प्रगति होती दिखना किसे बुरा लगता है।

कुछ वर्षों की पत्रकारिता में कमल ने जो अनुभव किया था, उन बातों को समझाया इसे कि उसके जैसे निश्छल इनसान का इस्तेमाल करना चाह रहा है यह आदमी। यह ऐसा दलदल है, जहाँ से निकलना असंभव होगा उसके लिए, लेकिन प्रशांत को कमल की बातें अतिशयोक्ति से भरी लगीं।

'दो-तीन महीने देखकर आते हैं, ठीक लगे तो बच्चों को भी ले जाएँगे और नहीं ठीक लगे तो वापसी, इसमें कुछ जाता है क्या?'

कमल ने सिर हिला दिया।

दोनों एक ही साथ प्रदेश की राजधानी चले आए। मंत्रीजी ने दोनों को अपना व्यक्तिगत स्टाफ नियुक्त किया। कुछ ही दिनों में गाड़ी, बँगला वितरित हुआ। मंत्रीजी अपने क्षेत्र व विभाग के विकास के लिए सरकार पर पूरा दबाव बनाए हुए हैं, ऐसी खबरें मीडिया से आती रहतीं।

प्रशांत खुश था, उसके जैसों को एक नया आकाश मिल गया। तीन माह बाद नया सत्र आरंभ हुआ तो वह बच्चों को लेने गाँव चला आया।

'बच्चों को लाने से पहले सोच ले एक बार। क्या यहीं रहना चाहता है अब तू।' कमल सशंकित था।

'हाँ-हाँ, अब इसमें सोचना कैसा। बच्चे मेरे साथ रहेंगे, अच्छे स्कूल में पढ़ेंगे। वो भी तो देखें, राजधानी में रहना कैसा होता है।'

प्रशांत के उत्साह से कमल को डर लगा, प्रशांत का विश्वास और उत्साह बना रहे, ऐसी उसने मन-ही-मन प्रार्थना की।

'सिगरेट है तेरे पास?' पास पड़ी कुरसी पर बैठते हुए प्रशांत ने कहा।

'क्यों? तनाव है क्या? तू तो सिगरेट पीता नहीं आसानी से?' कमल को आश्चर्य हुआ, चेहरे पर तनाव की रेखाएँ मद्धिम रोशनी में भी स्पष्ट दृष्टिगोचर हो रही थीं।

'बहुत गड़बड़ घोटाला है यहाँ तो, जिसे देखो, वह किसी भी तरीके से पैसा कमाने में लगा है। सुना है, अपने मंत्रीजी ने भी समर्थन देने में करोड़ों लिये हैं।

'तू क्यों टेंशन लेता है। मुख्यमंत्रीजी कौन सा दूध के धुले हैं, कमा रहे हैं तो दे भी रहे हैं।'

'लेकिन आम आदमी, उसका क्या? वह तो पिस रहा है इस सबमें। अयोग्य लोग शिक्षक बन रहे हैं, डॉक्टर बन रहे हैं। सिर्फ पैसे के बल पर सबकुछ बिकाऊ है यहाँ? और मेरिट वाले छात्र-छात्राएँ मायूस हैं। तबादला, पोस्टिंग, सबमें पैसा चलता है।

'राजनीति बिना पैसे के नहीं होती मेरे दोस्त।'

'नहीं होती होगी, लेकिन सही तरीका भी तो है पैसा कमाने का। यहाँ तो अपराध हो रहा है, अपराध। अपराधी प्रवृत्ति के लोग यहाँ घुस आए हैं और सारा धंधा उन्होंने ही सँभाला है।'

'प्रशासन?' उसने बुरा सा मुँह बनाया।

'जो स्वच्छ और ईमानदार छवि के अधिकारी हैं, वह इस प्रदेश में नौकरी नहीं करना चाहते। जो दो-चार बचे हैं, उन्हें काम करने लायक विभाग नहीं मिलते।'

'तुझे याद है, पिछले वर्ष एक अपर सचिव स्तर का अधिकारी पकड़ा गया था।'

'हाँ-हाँ, याद है, कितना भ्रष्ट था वह। लाखों की रिश्वत लेते पकड़ा गया था।'

'नहीं था वो भ्रष्ट।' प्रशांत लगभग चिल्ला उठा, उसकी नसें तन गईं।

'अपने इन कानों से सुनकर आ रहा हूँ, उसे फँसाया गया, क्योंकि कुछ लोगों को उनकी तरह से काम नहीं करने दे रहा था वह। अब ऐसे सबूत खड़े किए गए हैं उसके खिलाफ कि उसके बचने की कोई उम्मीद नहीं।'

'लेकिन अखबार भी तो इस बात को उठा सकते थे, कुछ के अंदर तो हिम्मत बाकी होगी अभी।' कमल आवेशित हो उठा।

'विज्ञापनों के बोझ से दबे अखबार किसकी आवाज उठाएँगे, जनता की या जिनसे लाखों के विज्ञापन मिल रहे हैं उनकी। नापाक गठजोड़ है यह। हर क्षेत्र के महाभ्रष्ट लोगों का।'

'तो क्या करेगा तू?'

'एक्सपोज कर दूँगा एक-एक को। घुटन होती है मुझे यहाँ। क्या सोचकर आया था और क्या देखने को मिल रहा।'

'पागल है तू, ऐसे लोगों से टकराएगा?'

'तो क्या मुँह छुपाकर बैठा रहूँ?'

ऑपरेशन कक्ष में लगी बत्ती हरी हो उठी, कमल द्वार की ओर लपका।

'ऑपरेशन सफल रहा, लेकिन मरीज की दशा गंभीर है। सिर की गहरी चोट ने उसे कोमा में पहुँचा दिया है।'

'कोई उम्मीद उसके होश में आने की?' कमल उद्विग्न हो उठा।

'पता नहीं, ईश्वर से प्रार्थना कीजिए।'

'प्रशांत की पत्नी ने भी सुना। वह जहाँ बैठी थी, वहीं जड़ होकर बैठी रह गई, दोनों मासूम बच्चों का चेहरा आँखों की ओर घूम गया।'

किसने की प्रशांत की यह हालत? क्या यह उसी का परिणाम था, जिस बारे में वह अकसर कमल से कहा करता था, यह महज एक दुर्घटना थी या जिन अपराधी तत्त्वों के बारे में प्रशांत कहा करता था, उन्हीं का षड्यंत्र था।

उधर प्रशांत अस्पताल में जिंदगी के लिए मौत से जूझ रहा था; इधर कमल इसी उधेड़बुन में लगा था कि प्रशांत का यह हाल किसने किया। पुलिस भी छानबीन कर रही थी, लेकिन जाँच थी कि आगे बढ़ती ही नहीं।

'भाभी, मुझे याद करके बताओ, प्रशांत उस दिन क्या कहकर गया था, कोई फोन आया हो, याद करो भाभी, मैं प्रशांत के हमलावरों को ऐसे ही नहीं घूमने दूँगा।'

'मुझे कुछ याद नहीं, पता नहीं कितने लोगों के फोन आते थे उन्हें, परेशान भी रहते थे वो इस बीच।'

'याद करो भाभी, आप प्रशांत के दोषियों को सजा दिलाने में मेरी मदद कर सकती हैं।'

दिमाग पर जोर डाला तो कुछ नाम सामने आए। कमल उनके बारे में पता करने लगा, ये नाम उसने भी कई बार प्रशांत के मुँह से सुने थे।

कुछ एक नाम सुन उसे आश्चर्य होता

'क्या वह भी?'

'हाँ वह भी, कई महिलाएँ भी।' गाँव में था तो महिलाओं की अच्छाई के बारे में ज्यादा सुनाई देता। सुना था, इस देश की बेटियाँ अंतरिक्ष में पहुँच गईं, एवरेस्ट पर चढ़ गईं, कई सर्वोच्च पदों पर आसीन हैं, लेकिन यहाँ आकर पता चला कि वे इस गठजोड़ का भी हिस्सा हैं। अपने मतलब

और पैसे के लिए कुछ भी करने को तैयार, कहीं भी पीछे नहीं।

पुलिस पूछताछ करती रही, वह जो भी जानकारी सामने आती, उसे देता रहा और एक दिन अखबार की सुर्खियों में था कि प्रशांत का हमलावर और कोई नहीं, उसका दोस्त ही निकला। कमल को पुलिस गिरफ्तार कर चुकी थी, सारे सबूत उसके खिलाफ थे। उसके मोबाइल की लोकेशन वहीं मिल गई, जहाँ प्रशांत घायल मिला।

'कोई गलतफहमी है इंस्पेक्टर साहब, मैं ऐसा कैसे कर सकता हूँ, मुझे जबरदस्ती फँसाया जा रहा है, क्योंकि मैं प्रशांत के हमलावरों के बहुत करीब था, सारी जानकारी दे रहा था आपको।'

'सारी जानकारी दे रहा था। सी.बी.आई. अफसर लगा है क्या तू? अब सड़ यहीं, कोई नहीं बचा सकता तुझे।'

'मैं जानती हूँ तुम ऐसा नहीं कर सकते।' प्रशांत की पत्नी स्वयं आकर यह कह गई।

जब सब लोग कमल को पीठ में छुरा भौंकने वाला दोस्त समझ-बोल रहे थे, तब प्रशांत की पत्नी के ये शब्द उसे चिलचिलाती धूप में घने पेड़ की छाँव की भाँति प्रतीत हुए।

'भाभी, सच सामने आएगा एक दिन।' जेल में उससे मिलने पहुँची प्रशांत की पत्नी से कमल ने कहा तो पास खड़ा पुलिसवाला हँस दिया।

'सच तो तब सामने आएगा, जब प्रशांत को होश आएगा, उसके अलावा कोई नहीं बचा सकता तुझे और उसके होश में आने की कोई उम्मीद नहीं, बहुत गहरा षड्यंत्र है यह, अगर राज खुल गए तो बहुत लोग फँसेंगे।'

'कोई और साथ दे न दे, ईश्वर साथ देगा सच्चाई का।'

दिन बीते, महीने बीते, प्रशांत को होश न आया। पुलिस ने कमल के विरुद्ध न्यायालय में वाद दायर किया, मंत्रीजी के स्टाफ का मामला था तो सुनवाई भी जल्दी हुई। बस तीन दिन बाद फैसला आना था और सभी जानते थे कि अपराधी कौन है।

लेकिन तभी चमत्कार ही हुआ, महीनों से मृतप्राय पड़े शरीर में हलचल हुई। प्रशांत ने आँखें खोलीं।…बेहोशी की हालत में पूर्णतया होश में, बीच का समय भूल गया था, बस याद था तो उसे मारने का प्रयास करनेवाले लोग, उसके पीछे छिपे कारण।

अगले ही दिन कमल बाहर था और गठजोड़ की कुछ छोटी मछलियाँ अंदर। बस अब प्रशांत और कमल का एक ही ध्येय था और वह था इस खेल की बड़ी मछलियों को सलाखों के पीछे करना। दो हाथ मिल चुके थे, मुट्ठियाँ तन चुकी थीं। बस अब उनके परिणाम आने बाकी थे।

□

टेढ़े-मेढ़े रास्ते

मायाराम जेल के सींखचों के उस पार खड़े बेटे का चेहरा ध्यान से पढ़ने की कोशिश कर रहे थे। बचपन से लेकर और उसकी बत्तीस वर्ष की उम्र तक उन्होंने उसके चेहरे में कभी अपराधी की छवि नहीं देखी थी।

उन्हें विश्वास ही नहीं हो रहा था कि वे इस समय जिस युवक के सामने खड़े हैं, वास्तव में वही उनका बेटा लाल सिंह है। बचपन में उँगली पकड़कर चलना सिखाया उसे, लिखाया-पढ़ाया और फिर नौकरी पर दिल्ली भेजा, लेकिन वह आज उन्हें विदेश में और वह भी जेल के सींखचों के पीछे मिलेगा, इसकी उन्होंने कभी कल्पना तक नहीं की थी।

उन्होंने एक बार फिर गौर से उसका चेहरा देखा, फिर आँखें उसकी आँखों में डाल दीं। अपराध-बोध का भाव स्पष्ट नजर आया उन्हें, उसकी आँखों में।

'क्या हुआ? क्या सचमुच तुमने⋯।' अपनी बात पूरी किए बिना पूछा उन्होंने लाल सिंह से।

कुछ नहीं कहा लाल सिंह ने।

'मैं पूछ रहा हूँ, क्या सचमुच तुमने यह अपराध किया है?' अबकी बार अपेक्षाकृत कुछ तेज आवाज में पूछा मायाराम ने। जवाब में मुंडी झुका ली थी लाल सिंह ने।

'बोलते क्यों नहीं?' अबकी बार कर्कश और चिल्लाने के समान

स्वर हो गया था मायाराम का।

'सुनो!' पीछे से एक सिपाही उनके पीछे आ चुका था। 'यह जेल है, यहाँ के कुछ नियम होते हैं।'

मायाराम को जैसे अपनी गलती का अहसास हो गया था। सचमुच वह भूल गया था कि वह इस समय जेल के अंदर आया है मुलाकात के लिए और वह भी विदेश में, जहाँ के नियम-कायदे और कानून का कुछ भी पता नहीं है उसे।

'क्यों किया तुमने ऐसा? क्या कमी की थी, मैंने तुम्हारे लिए…?' अबकी बार नर्म स्वर में उसने बेटे से पूछा और सींखचों के अंदर हाथ डालकर उसका हाथ खींचकर उसे और नजदीक ले आया अपने।

'कितनी बदनामी की है तुमने मेरी, क्या कहेंगे लोग मुझे?' रुआँसा हो गया था मायाराम।

अबकी बार लाल सिंह की बारी थी। उसकी आँखों से आँसुओं की दो मोटी बूँदें ढलककर गालों को भिगोते हुए चेहरे से नीचे टपक पड़ीं।

'मुझे माफ कर दो, पिताजी! पैसों की भूख ने मुझे पथभ्रष्ट कर दिया था।' सचमुच पैसों की भूख ने ही उसे यहाँ तक पहुँचा दिया था। यह बात उसके अलावा तो शायद किसी और को मालूम नहीं थी। उसके पिता मायाराम और माँ तारा देवी को भी नहीं।

बचपन से ही उसे पैसों का बड़ा लालच था। पिता फौज में एक साधारण हवलदार थे, तीन-तीन भाई-बहनों में सबसे बड़ा था वह।

मायाराम खुद तो सेना में बॉर्डर पर तैनात था, किंतु बच्चे पढ़ जाएँ, इसके लिए उसने परिवार को गाँव से उठाकर देहरादून की एक बस्ती में किराए के मकान पर रख दिया था।

तब उसके जमाने में फौज में काफी कठिनाइयाँ होती थीं। आज के जैसी न तो सुविधाएँ ही थीं और न ही वेतन। सिपाही से लेकर हवलदारी की सीढ़ी चढ़ते-चढ़ते कई रंग-बिरंगे सपने भी उसकी आँखों में उतरते चले गए।

'बच्चे यदि अच्छे पढ़-लिख जाएँ तो उन्हें मेरी तरह सिपाही की नौकरी नहीं करनी पड़ेगी।' वह फौज के अफसरों के ठाठ-बाठ और रुतबा देखकर सोचता—'दोनों में से एक भी बेटा अफसर निकल जाए तो दिन फिर जाएँगे हमारे।'

बच्चों को अपनी सामर्थ्य के अनुसार उसने अच्छे स्कूल में भरती करवा दिया था। उसके इस सपने के चलते जहाँ उसके वृद्ध माँ-पिताजी उससे नाराज रहने लगे थे, वहीं गाँव की उनकी पुश्तैनी जमीन पर भाँग उग आई थी।

'तारा, तू बच्चों की पढ़ाई का पूरा ध्यान रखना, देख इनकी पढ़ाई की खातिर हमने घर की बरबादी कर दी।' वह जब भी छुट्टी आता, पत्नी से यह बात कहना न भूलता।

तारा खुद तो पढ़ी-लिखी नहीं थी, उसके लिए तो काला अक्षर भैंस बराबर, लेकिन वह बच्चों के हाथ में किताब देखकर ही संतुष्ट हो लेती। यह अलग बात थी कि बच्चे कौन सी किताब पढ़ रहे हैं, इस बात से उसे कोई सरोकार नहीं था।

और जब मायाराम फौज की हवलदारी से रिटायर होकर वापस आया तो अपने जीवन की जमा-पूँजी से उसने देहरादून में ही एक छोटा सा घर भी बना लिया। तब तक लाल सिंह ने बारहवीं, सूरज ने दसवीं और बेटी सुषमा ने आठवीं कक्षा पास कर ली थी।

रिटायर होने के कुछ ही महीनों बाद लाल सिंह के रंग-ढंग देखकर उसे लगा कि उसकी जीवन भर की कमाई बेकार चली गई है।

इंटर पास करने के बाद डिग्री कॉलेज के बहाने वह दिन भर दोस्तों के साथ मस्ती मारता और देर रात गए घर आता। जिद करके उसने मायाराम से मोटर साइकिल भी खरीदवा ली, फिर तो उसके पंख ही लग गए थे जैसे।

पहले तो मायाराम ने डिग्री कॉलेज में पढ़ने के लिए साफ मना कर दिया था।

'क्या करेगा आगे पढ़कर, आर्मी ऑफिसर के लिए तो बारहवीं की पढ़ाई ही काफी होती है। तू एन.डी.ए. की तैयारी कर और मैंने जो सपना देखा है, उसे पूरा कर।'

'पढ़ाई के साथ-साथ ही तैयारी कर लूँगा मैं। भला घर में बैठकर भी कभी तैयारी होती है।' लाल सिंह ने तर्क दिया तो मायाराम ने मजबूरी में उसे डिग्री कॉलेज में एडमिशन दिलवा दिया।

कॉलेज में पहुँचने के बाद उसके स्वभाव में बहुत तेजी से बदलाव आया, शहर के अमीर लोगों के बेटों से उसकी दोस्ती हो गई। यदा-कदा वह दोस्तों को घर भी लाता तो पिता से उनका परिचय कम और उनके माता-पिता का परिचय ज्यादा करवाता।

मायाराम ने उसकी इस बात का कभी बुरा नहीं माना।

'चलो, बड़े लोगों की संगत में रहेगा तो बड़ा आदमी ही बनेगा।'

बी.ए. पूरा नहीं कर पाया लाल सिंह और उसने पढ़ाई छोड़ दी। लाल सिंह अपने दोस्तों की शानो-शौकत, कोठी-बँगले देखकर मन-ही-मन सोचता, काश उसके पास भी ऐसा ही होता। वह जल्दी-से-जल्दी जीवन का भरपूर सुख भोगना चाहता था। पढ़ाई-लिखाई का यह रास्ता उसे बहुत लंबा और उबाऊ नजर आने लगा।

माँ-पिता के कई बार समझाने के बावजूद वह दिल्ली आ गया। पैसे का भूत उस पर इस कदर सवार हो गया कि उसने इसके लिए शॉर्टकट अपनाने का निश्चय कर लिया।

दिल्ली में उसने एक कंपनी में नौकरी कर ली और पार्ट टाइम के रूप में पैसा कमाने की जुगत भिड़ाने लगा।

दो साल बाद जब वह घर आया तो दरवाजे के आगे बेटे की कार देखकर माँ-बाप रोमांचित हो उठे। चलो, फौज में अफसर तो नहीं बन पाया, पर प्राइवेट में भी अच्छी नौकरी पर लग गया है।

पुराने दोस्तों के संग कुछ दिन मौज-मस्ती करने के बाद वह वापस लौट गया।

'बेटा, अब तेरी उमर भी हो गई है, तूने कहीं लड़की पसंद की है तो बतला दे, वरना मैं ही इधर तेरे लिए बहू ढूँढ़ तो लूँ।' माँ तारा देवी ने अपने दिल की बात उससे कह डाली थी।

'नहीं माँ, मुझे अभी शादी नहीं करनी। पहले सूरज की शादी कर दो, फिर सुषमा की शादी धूमधाम से करूँगा और आखिर में अपनी।' उसने माँ की आशाओं पर विराम लगा दिया।

और फिर दो साल और गुजर गए। इस बीच मायाराम ने सूरज की शादी कर दी। शादी में जब लाल सिंह पहुँचा तो इस बार उसके पास बहुत लंबी कार थी।

मायाराम और तारा बेटे की प्रगति देखकर फूले नहीं समा रहे थे, लेकिन उनकी यह खुशी ज्यादा दिन तक नहीं टिकी।

एक दिन घर में टेलीफोन की लंबी घंटी बजी, मायाराम समझ गया कि बेटे का ही फोन होगा। ऐसी एस.टी.डी. वाली घंटी सिर्फ लाल सिंह की ही बजती थी।

'हाँ बेटा कैसा है तू?' फोन उठाते ही मायाराम ने तुरंत पूछा।

दूसरे छोर से जब कुछ कहा गया तो मायाराम के हाथ से टेलीफोन का चोगा छूटकर फर्श पर गिर गया।

'क्या?'··· कुरसी पर लंबा पसरते हुए सिर थाम लिया था मायाराम ने।

'क्या हुआ लालू के बापू?' पास बैठी तारा अचानक घबरा उठी। मायाराम के माथे पर छलछला आई पसीने की बूँदों को उसने धोती के पल्लू से साफ करते हुए पूछा, 'क्या हुआ, कुछ बताते क्यों नहीं?'

कुछ नहीं बोला मायाराम। क्या बोलता, जिस बेटे की प्रगति पर वह इतना इतरा रहा था, वह गलत रास्ते पर चल रहा था।

बात किसी को पता न चले, इसलिए मायाराम ने दूसरे ही दिन तत्काल में अपना पासपोर्ट बनाने के लिए आवेदन किया और विदेश जाने के लिए तैयारी करने लगा।

‘लालू के बापू, किस जुर्म में जेल गया वह, बताओ तो सही। मेरा लालू ऐसा-वैसा कुछ नहीं कर सकता, जरूर उसे फँसाया गया है।’ माँ की ममता तर्क देती।

‘तीन करोड़ की हीरोइन पकड़ी गई है उसके पास से, वह भी विदेश में।’

‘मुलाकात का समय खत्म हो गया।’ अचानक सिपाही की कर्कश आवाज ने दोनों को चौंका दिया।

‘बेटा, जीवन का सफर हमेशा सीधे-सपाट रास्तों से ही तय करना चाहिए था, इन टेढ़े-मेढ़े रास्तों ने तुझे कहीं का नहीं रखा।’ आँसू आ गए थे मायाराम की आँखों में। वह झटके के साथ मुड़कर वापस चल दिया।

‘कोई बात नहीं पिताजी, मुझे अपनी करनी का फल मिला है। अभी लंबा रास्ता है आगे, छूट गया तो सँभलकर चलूँगा।’

वापस जाते हुए मायाराम के कानों में में लाल सिंह के शब्द सुनाई पड़े।

□

उम्र कैद

"सुहास के लिए रिश्ता आया है। लड़की के पिता का कनाडा में स्वयं का व्यवसाय है। वर्षों से वहीं रह रहे हैं, लड़की का जन्म भी वहीं हुआ।" भव्य किलेनुमा घर के विशाल लॉन में चाय की चुस्कियों के बीच नरेंद्रनाथ अपनी पत्नी कोकिला से गुफ्तगू कर रहे थे।

चाय के कप में चम्मच से शक्कर घोलती कोकिला ने प्रश्नवाचक दृष्टि से पति की ओर देखा। कोकिला के मूक प्रश्न को समझने में नरेंद्रनाथ ने कोई भूल न की।

"मैंने कहा न, वे वर्षों से कनाडा में हैं। पंजाब के किसी गाँव में कुछ रिश्तेदार रहते भी होंगे तो सुहास की कीर्ति उन तक नहीं पहुँची होगी।" नरेंद्रनाथ के मुँह पर विद्रूप भरी मुसकान घिर आई। तनाव से बचने के लिए उन्होंने सिगार सुलगा लिया और जल्दी-जल्दी कश लेने लगे।

"बेटी के जीवन का इतना बड़ा निर्णय लेने से पहले क्या वे पूछताछ नहीं करेंगे?" कोकिला अभी भी सशंकित थी।

"पॉजिटिव खयाल रखो, कोकिला। कोई कमी नहीं हमारे घर में, करोड़ों के व्यवसाय का अकेला मालिक है सुहास, और जब तक मैं हूँ, सुहास पर आँच न आने दूँगा। जल्द ही केस समाप्त हो जाएगा। पैसा है मेरे पास और पावरफुल लोगों से जान-पहचान भी। चंदा तो मुझसे ही चाहिए न सबको।"

"लेकिन आपका पैसा उस लड़की के बाप को नहीं खरीद पाया न।

उसे तो बस इनसाफ चाहिए और कुछ नहीं। सुहास को भी न जाने क्या सूझी थी ऐसे लोगों के मुँह लगने की।'' कोकिला ने नरेंद्र को एहसास दिला ही दिया कि उसका पैसा सब लोगों को नहीं खरीद सकता। कुछ लोग अनमोल होते हैं।

''छोटा था, बचपना था उसके अंदर, हो गई गलती। अब फाँसी होने दें क्या हम उसको?'' नरेंद्रनाथ झुँझला उठे। सुहास पर उन्हें भी बहुत क्रोध आ रहा था, लेकिन कैसे मानते उसका दोष!

''मुझे क्लब जाना है, कुछ महत्त्वपूर्ण लोग आ रहे हैं वहाँ।'' दो घूँट में चाय समाप्त कर नरेंद्रनाथ उठ खड़े हुए। अप्रिय प्रसंग ने उन्हें अन्यमनस्क कर दिया।

''हमारे लेडीज क्लब में भी आज कुछ गरीब और होनहार छात्राओं को पुरस्कृत किया जाना है।'' कहते हुए कोकिला भी उठ खड़ी हुई।

और इस वार्त्तालाप के दो महीने के अंदर-अंदर सबकुछ निबट गया। नीहारिका के माता-पिता कनाडा से आए। सुहास के माता-पिता से मिले, प्रभावित भी हुए, पिता के विशाल व्यवसाय का इकलौता वारिस सुहास उन्हें अपनी बेटी के लिए उपयुक्त लगा। उच्च शिक्षित नीहारिका ने भी सुहास के प्रभावशाली व्यक्तित्व को पसंद किया और कुछ ही समय पश्चात् दोनों वैवाहिक सूत्र में बँध गए।

लड़कीवालों की तरफ से इस विवाह में अधिक लोग शामिल नहीं हो पाए, लेकिन नाथ परिवार ने तो इसे जैसे शक्ति और भव्यता-प्रदर्शन करने का मौका ही बना डाला। विशिष्ट अतिथिगणों से लेकर साज-सज्जा व भोजन व्यवस्था शहर के कई अन्य रईसों में ईर्ष्या का कारण बन गई।

इतना भव्य विवाह था तो पत्रकार बिरादरी भी क्यों पीछे रहती। बड़े-बड़े मेहमानों और पकवानों के बोझ से दबे पत्रकारों ने विवाह का विस्तृत विवरण आम जनता तक पहुँचाने में कोई कोर-कसर न छोड़ी, लेकिन इसके पीछे छिपी कालिमा पर दृष्टि डालने की हिम्मत कुछ एक ही कर पाए और उनकी आवाज भी नक्कारखाने में तूती के समान साबित हुई।

विवाह के तीन दिन बाद ही एक ओर नीहारिका के माता-पिता ने कनाडा की उड़ान भरी तो दूसरी ओर सुहास और नीहारिका ने हनीमून के लिए स्विट्ज़रलैंड का रुख किया।

अपने-अपने स्थान पर सभी संतुष्ट थे। नीहारिका प्रसन्न थी। स्विट्ज़रलैंड की खूबसूरत वादियों में दस दिन कैसे बीत गए, उसे पता भी न चला।

सपनों भरे दिन बीते, वास्तविक दुनिया में कदम रख नीहारिका और सुहास वापस लौट आए, वापस लौटते ही सुहास व्यस्त हो गया। अपने व्यवसाय में कभी कहीं मीटिंग तो कभी व्यवसाय की समस्याएँ। श्वसुर नरेंद्रनाथ भी व्यवसाय में व्यस्त रहते और सास कोकिला तथाकथित समाज सुधार में। कुछ ही दिनों में नीहारिका ऊबने लगी। इस विशालकाय महल रूपी घर में वह क्या करे, उसकी समझ में न आता। नौकर-चाकरों को देखकर ऐसा लगता, जैसे वे सब एक रहस्मयी चुप्पी ओढ़े हुए हो, उनकी आपस की फुसफुसाहट हवेली की बहू को देखते ही खामोशी में बदल जाती।

"क्या बात होगी ऐसी?" नीहारिका मन-ही-मन सोचती।

बहू को अनमना सा देख कोकिला उसे अपने साथ बाहर ले जाने लगी, लेकिन वहाँ का दिखावा, बड़प्पन भरी बातें उसे रुचिकर न लगीं।

"कितने खोखले हैं ये लोग? कथनी और करनी में कितना अंतर है इनकी। मंच पर खड़े होकर बड़ी-बड़ी बातें करने से अच्छा तो इन्हें व्यवहार में लाएँ, तब कुछ ठीक हो।" नीहारिका का मन उकताने लगता।

"मैं भी तुम्हारे साथ ऑफिस चलूँ तो? घर में बोर हो जाती हूँ मैं।" सुहास से कहा उसने।

"तुम?"

"हाँ मैं। एम.बी.ए. किया है मैंने और कनाडा में भी पापा के साथ काम करने का अनुभव है, कुछ तो कर पाऊँगी।"

नीहारिका ने कार्यालय जाना आरंभ किया। शहर के बीचोबीच स्थित अत्याधुनिक कार्यालय, जिसकी शाखाएँ देश के अन्य हिस्सों में भी फैली

हुई थीं। कुछ समय तो उसे यह समझने में ही लग गया कि आखिर उसके श्वसुरजी का मुख्य कारोबार क्या है? वे बिल्डर हैं, होटल चलाते हैं या कुछ और?

कभी-कभी उसे कुछ संदेहास्पद लगता। उसे तो बहुत स्वच्छ और पारदर्शी तरीके से काम करने की आदत थी।

''यहाँ ऐसा ही होता है, बहुत नियम से चलोगे तो प्रतिस्पर्धा में आगे बढ़ना मुश्किल हो जाएगा।'' सुहास ने समझाया।

''यानी गलत तरीकों से खड़ा किया गया व्यवसाय?'' उसने प्रश्न किया।

''ये गलत तरीके नहीं, व्यापार में आगे बढ़ने की औपचारिकताएँ मात्र हैं। इनके बिना आप एक परचून की दुकान नहीं चला सकते, बड़ा व्यापार तो बहुत दूर की बात है।''

'तो क्या सारे बड़े व्यवसायी ऐसा ही करते होंगे?' मन में प्रश्न उठा, लेकिन चुप्पी साध गई।

ऑफिस आने से उसे निजात भी जल्दी ही मिल गई। वह माँ बननेवाली थी और कुछ जटिलताओं के कारण डॉक्टर ने उसे आराम की सलाह दी।

समय बीता, नीहारिका ने एक कन्या शिशु को जन्म दिया, नाथ परिवार को तो जैसे खिलौना मिल गया। सुहास भी खुश था, अब वह अधिक-से-अधिक समय घर पर रहने की कोशिश करता। कोकिला का घर से बाहर रहना बंद हुआ।

नन्ही पिहु अब दो वर्ष की हो चुकी थी। और तभी एक दिन नीहारिका के सामने एक धमाका सा हुआ, ऐसा धमाका, जिसने उसके अंग-अंग को शून्य कर दिया।

''पैसे और ताकत के बल पर रईसजादा हत्या और बलात्कार के आरोप से मुक्त।'' हाँ, यही तो शीर्षक था उस समाचार का।

उत्सुकतावश नीहारिका ने उसे पूरा पढ़ डाला। समाचार-पत्र भी तीन दिन पुराना था। हाँ, यह सुहास के बारे में ही तो लिखा था, एक पल

को सभी कुछ उसकी आँखों के आगे कौंध गया, नौकर-चाकरों की कानाफूसी, कार्यालय के कर्मचारियों का उसे बेचारगी की सी निगाह से देखना, सब समझ आ रहा था उसे।

वह अखबार लेकर पूरे घर में घूम गई, लेकिन कोई न था, जिससे इस प्रश्न का जवाब पूछती।

देर रात सुहास आया तो अखबार उसके सामने रख दिया।

"सब झूठ है निहार, मुझे फँसाया गया।"

"लेकिन बलात्कार, हत्या? ये कैसे झूठ?"

"हाँ निहार, सब झूठ, किसी आवारा लड़के से अफेयर था इस लड़की का उसी ने मार दिया इसे और इलजाम मेरे सिर, दुश्मनों की कमी नहीं है न हमारे?"

"लेकिन तुम्हारा और उस आवारा लड़के का क्या संबंध? इससे तुम्हें क्यों जोड़ा गया?" नीहारिका उलझ रही थी, सुहास के दिए गए जवाबों के बीच।

"हम सब साथ पढ़ते थे और एक रोज पिकनिक पर साथ गए थे बस, इससे अधिक कुछ नहीं, इसी बात का उन्होंने फायदा उठाया।"

प्राइमरी स्कूल के मामूली से मास्टर उसके पिता कई दिन तक रिपोर्ट दर्ज करवाने के लिए चक्कर काटते रहे, लेकिन किसी ने न सुनी।

अंततः छात्र-छात्राओं के दबाव में केस दर्ज तो हुआ, आरंभिक गिरफ्तारी भी हुई, लेकिन कुछ ही दिन बाद जमानत भी हो गई और अन्य सामान्य घरवालों की तरह लोग इसे भूल भी गए।

यादों पर पड़ी मोटी धूल की परत तब साफ हुई, जब लोअर कोर्ट ने संदिग्ध आरोपी यानी सुहास को बरी कर दिया। एक बार फिर उबाल उठा, जिसकी परिणति हाईकोर्ट में याचिका दायर करने के साथ हुई।

न्याय ने अपना समय लेना था सो लिया और समय के साथ-साथ एक बार फिर यादों पर परतें जमती गईं। तारीख-पर-तारीख पड़तीं, पेशी-पर-पेशी होतीं। वकील आगे की तारीख लेता जाता, आखिर उसे भी तो

अपनी रोजी-रोटी चलानी थी और फिर इतनी मोटी आसामी आसानी से कहाँ हाथ लगती। झूठे-सच्चे कई गवाह पेश किए जा चुके थे, लेकिन आरोपी को सजा मिलने की कोई सूरत नजर नहीं आती।

अब फिर एक और ज्वार आया, ऐसा ज्वार, जो नीहारिका को अपने साथ बहा ले जाने को आतुर दिखता।

घर में एक मनहूसियत भरी खामोशी, नीहारिका पूछना चाहती, बात करना चाहती, मन में प्रश्न उठता। झूठ ही सही, लेकिन इतना बड़ा आरोप छुपाया क्यों गया उससे? लेकिन हर कोई जैसे उससे बच रहा था।

"पैसा जितना भी खर्च हो, वकील साहब, लेकिन सुहास पर आँच नहीं आनी चाहिए।" नरेंद्रनाथ का स्वर उभरा तो नीहारिका दरवाजे के सामने ही ठिठककर परदे की ओट में हो गई।

'यों छिपकर कोई बात सुनना ठीक है क्या?' मन में प्रश्न उठा।

'क्यों नहीं, यह उसके भविष्य से भी तो संबंधित है।' दूसरी ओर दिल से जवाब आया।

'और यदि सच्चाई बहुत भयावह हुई तो?' यह सोच मन काँप उठा।

'फिर भी उसे जानने का हक है। आँखें मूँदकर तो नहीं बैठ सकती वो।'

"नाथ साहब, कैसी बातें करते हैं आप, आखिर हम बैठे किस लिये हैं।"

"और यदि सजा हुई तो कितनी हो सकती है?" कोकिला का स्वर भयभीत हो उठा था।

"मैडम, मैं आपको डराना नहीं चाहता, लेकिन यह सिर्फ बलात्कार का नहीं, कत्ल का मामला भी है, पहले तो फाँसी, नहीं तो उम्र कैद तो पक्की है।"

नीहारिका का कलेजा मुँह को आ गया। उसे लगा, जिस सच को जानने से वह कतरा रही है, वह सच उसके सामने आने वाला है।

"लेकिन आप चिंता मत कीजिए। कानून निरपराध को सजा नहीं देता।

न कोई प्रमाण, न कोई गवाह, कैसे सजा होगी!'' वकील ने अपनी बात पूरी की।

'निरपराध', यह एक शब्द नीहारिका ने बड़े ध्यान से सुना। शब्द के भाव समझने की कोशिश की, यह सिर्फ शब्दार्थ नहीं भावार्थ का मामला था उसके लिए, लेकिन समझ न पाई।

''मम्मा यह रेप क्या होता है?''

पिहु अब पाँच वर्ष की थी और स्कूल जा रही थी।

यह क्या पूछ रही थी पिहु। क्या इतने छोटे-छोटे बच्चे स्कूल में इस तरह की बातें सीखते हैं? क्या यह टी.वी. और समाचारों का असर है?

''पिहू! यह क्या बोल रही हो? किसने कहा तुमसे यह सब?'' नीहारिका बात को टालना नहीं बल्कि जानना चाहती थी कि पिहु ने यह शब्द कहाँ सुना?

''शेफाली कह रही थी कि मेरे पापा ने रेप किया। यह क्या होता है मम्मा, और पापा ने सचमुच ऐसा किया क्या? वो यह भी कह रही थी कि उनको सजा मिलेगी अब।'' मासूमियत से पिहु ने बताया।

एक और धमाका हुआ नीहारिका के सामने। उससे भी बड़ा, जितना तब हुआ था, जब उसे इस घटना के बारे में पहली बार पता चला था।

पिहु को तो टालना ही था सो टाला, लेकिन कब तक? कल वह बड़ी होगी, रेप का मतलब भी समझेगी। बेटी होने के साथ-साथ एक लड़की है वह। क्या सुहास आँख मिला पाएगा अपनी इस बेटी से?

उच्चतम न्यायालय में अभी भी केस कछुआ गति से चल रहा है। जब तक निर्णय आएगा, पिहु सब समझने लायक हो जाएगी। कैसे सामना करेगी पिहु अपने पिता का?

जो हो रहा था, उस पर नीहारिका का वश न था। समय पर न्याय मिलता तो आज नीहारिका इस घर की बहू न होती। क्यों एक अपराधी को इतना समय मिल जाता है कि वह सजा मिलने तक कई और जिंदगियों को भी अपने साथ जोड़कर बरबाद कर चुका होता है।

लेकिन इस मामले में कोई सजा न हुई, कुछ वर्षों बाद सुहास सर्वोच्च न्यायालय से भी बाइज्जत बरी हुआ।

नीहारिका संतुष्ट थी, "न्याय हुआ।"

पिहु खामोश थी, उसके पास कुछ कहने को न था। खबरी चैनलों ने इस बड़ी खबर को दिखाना आरंभ कर दिया था और अब यह अखबारों की सुर्खियाँ बन गया।

शाम को पूजा रखी गई थी, घर के चिराग को अब कोई खतरा न था।

"अब कोई ऐसा काम न करना, जिससे इतना तनाव हो सबको।" कोकिला सुहास से कह रही थी।

आई एम सॉरी मॉम, मेरी वजह से सबको इतनी परेशानी हुई। दरअसल, न सुनने की आदत न थी मुझे। वो मामूली से मास्टर की बेटी, इतना गुरूर था उसे अपनी सुंदरता पर कि मुझे-न-बोला, मुझे! नाथ परिवार के इकलौते वारिस को। बस भूत सवार हो गया था मुझ पर उसे पाने का और मॉम-डैड, आपने भी तो कभी किसी चीज के लिए मना नहीं किया मुझे, जो माँगा वो दिया। कॉलेज की हर लड़की मुझसे दोस्ती करना चाहती, लेकिन वो···बस ठान लिया मन में।

अनजाने में ही इस वार्त्तालाप के कुछ अंश नीहारिका के कानों में भी पड़े, वो सही सुन रही थी। क्या निरपराध शब्द के भावार्थ कुछ और थे?

थोड़ी ही देर में घर में पूजा हो रही थी, मंत्रोच्चार, घंटियों की ध्वनि, कपूर, चंदन, अगरबत्तियों से महकता घर, बेजान मूर्ति की तरह नीहारिका भी हिस्सा थी इस पश्चात्ताप का। उस अपराध का पश्चात्ताप, जो उसने किया ही नहीं।

प्रसाद का लड्डू उसके हाथ में था, भगवान् का प्रसाद होकर भी यह उसके गले से न उतरता। सुहास तो बरी हो गया, लेकिन नीहारिका—उसका क्या? वह तो उम्र कैद की सजा भुगतने को विवश है।

□

मेरा क्या कसूर

'मत मारो मुझे। क्या बिगाड़ा है मैंने तुम्हारा? तुम तो सब जानते थे मेरे परिवार के बारे में।' अरुणिमा गिड़गिड़ा रही थी।

'मुँह खोलती है मेरे सामने! नंगा-भूखा तेरा बाप हाथ जोड़कर आया था रिश्ता माँगने। मैंने भी सोचा, अकेली लड़की है, कुछ तो मान-सम्मान रखेगा, लेकिन नहीं! इज्जत उतरवा दी समाज में हमारी।' नीलेंद्र आग उगल रहा था, ऐसा लग रहा था, मानो वह अपना आपा खो बैठा हो।

अंदर से मार-पीट की कुछ और आवाजें आईं, साथ में सुनाई दी अरुणिमा की दबी-घुटी चीख और थोड़ी ही देर में जैसे सबकुछ शांत हो गया।

घर इतना बड़ा न था कि अरुणिमा की ये चीखें बाहर न सुनाई देती हों, लेकिन सबने सुनकर भी अनसुनी दी। नीलेंद्र के माता-पिता बाहर बैठे टी.वी. देख रहे थे और उसका स्वर भी इतना ऊँचा न था कि अंदर की आवाज वहीं घुट जाए, लेकिन दोनों यों अनजान बने रहे जैसे सबकुछ सामान्य हो।

उधर एक कोने में मायूस और सहमा सा पुस्तक पर नजरें गड़ाए बैठा था बारह वर्षीय अमन। अंदर से भाभी को पीटने की आती आवाज उसके कान में पिघले हुए शीशे की तरह पड़ती। उम्मीद भरी निगाहें माता-पिता की ओर जातीं। शायद दोनों में से अभी कोई उठकर उसकी भाभी को बचा ले, लेकिन वह दोनों तो भावविहीन चेहरे लिये टेलीविजन की ओर ताके

जा रहे थे। शायद कोई सास-बहू का सीरियल चल रहा था।

अमन का मन उचाट हो चुका। न वह अभी कुछ करने लायक था, न ही उसकी आवाज सुनने वाला कोई था। बेचारा कभी इधर, कभी उधर मुट्ठियाँ भींचता हुआ बरामदे के चक्कर काटता रहा।

'माँ, भैया को कुछ तो बोलो, क्यों मार रहे हैं वे भाभी को?' पिछली बार जब भैया छुट्टी आए थे, तब भाभी को चिल्लाते-कराहते देख माँ से कहा था उसने।

'चुप कर, ये पति-पत्नी का आपसी मामला है और तू अभी बहुत छोटा है इन सब पचड़ों में पड़ने के लिए।' माँ ने उसे चुप करा दिया।

उसकी समझ में न आया, यह कैसा आपसी झगड़ा है, जिसमें भाभी को इतनी बुरी तरह मारा-पीटा जाता है। वह बड़ा होगा तो जरूर पूछेगा भैया से और माँ-पिताजी से भी पूछेगा कि ऐसी कौन सी मजबूरी है उनकी, जो एक जीते-जागते इनसान को जानवरों की भाँति पिटते देख भी चुप्पी साध जाते हैं।

लेकिन ऐसा समय ही न आया, कहाँ हो पाया वह सामान्य स्थिति में बड़ा! एक दिन स्कूल में ही था कि घर से बुलावा आया और अगले ही दिन वह बाल सुधार गृह में पहुँचा दिया गया।

भाभी को मारने और जिंदा जलाने के अभियोग में माता-पिता और भाई जेल की सलाखों के पीछे गए तथा वह नाबालिग होने के कारण बच्चों की जेल में। आखिर उसका क्या कसूर था? हाँ, जब पुलिस ने उससे पूछा तो उसने जरूर सच-सच कह दिया था।

अरुणिमा मर चुकी थी, बुरी तरह जलकर। अंतिम चंद साँसों को लेकर अस्पताल पहुँची और आखिरी बयान के रूप में 'सारा परिवार शामिल था,' ये चार शब्द कहकर उस भयंकरतम पीड़ा से हमेशा के लिए मुक्त हो गई इस संसार से।

एक वर्ष पूर्व ही विवाह हुआ था नीलेंद्र और अरुणिमा का। सामान्य परिवार की अरुणिमा अपने साथ दहेज तो अधिक न लाई, लेकिन रूप-

गुणों की कमी न थी। नीलेंद्र पास के ही शहर में एक फैक्टरी में काम करता और महीने-पंद्रह दिन में घर के चक्कर लगा ही लेता, लेकिन जब भी आता, बस एक ही रट—'किस घर में शादी कर दी मेरी? मैंने तो पहले ही मना किया था, लेकिन तुम्हारी ही जिद थी, अब भुगतो।'

'लेकिन जिससे तू शादी करना चाहता था, उससे भी कैसे करने देते? तुझे मालूम किस कुल-खानदान की थी वो।' माँ ने नाराजगी जताई।

'नौकरी करती है वह, सारी जिंदगी कमाकर लाती और फिर हम दोनों···एक-दूसरे को।'

'नीलेंद्र अब तुम्हारी शादी हो चुकी, इधर-उधर की बातें न सोचो?'

'माँ! हम आज भी एक साथ काम करते हैं, और तुम्हारी चुनी हुई यह बहू मुझे बिल्कुल पसंद नहीं।'

माँ ने जैसे-तैसे उसे समझाया और वह अपनी ड्यूटी पर चला गया। बात तो वहीं समाप्त हुई, लेकिन कुछ ही दिन बाद फिर अरुणिमा वैवाहिक जीवन का आरंभिक सुख भी न भोग पाई।

'जा, अपने बाप से कह, मुझे मोटर साइकिल चाहिए, बस में धक्के खा-खाकर परेशान हो गया हूँ।' विवाह के कुछ दिन बाद ही नीलेंद्र ने जनवरी की उस कड़कड़ाती ठंड में अरुणिमा को धक्के मारकर घर से बाहर कर दिया। बाहर भी निकाला तो मार-पीटकर।

अरुणिमा के लिए यह शारीरिक से अधिक मानसिक आघात था। उसने सोचा भी नहीं था कि उसके माता-पिता की आर्थिक स्थिति जानने के बाद भी उस पर इस तरह के अत्याचार होंगे।

ठंड से गठरी बनी अरुणिमा को सुबह पाँच बजे सास ने द्वार खोलकर अंदर किया था सुबह की चाय बनाने के लिए। दोनों पति-पत्नी को पाँच बजे ही चाय पीने की आदत थी, लेकिन एक बार भी उससे यह न पूछा कि वह कैसे और क्यों कँपकँपाती सर्दी में रात भर बाहर रह गई।

'दहेज अच्छा न मिल पाने के और सच तो यह है कि लोभी प्रवृत्ति के कारण उसके प्रति उनकी मानवीय संवेदनाएँ तक मर चुकी थीं।'

अरुणिमा को क्या पता था कि यह तो आरंभ है। संवेदनहीनता क्या, अभी तो न जाने क्या-क्या झेलना पड़ेगा उसे।

'इतना झेलती है, क्यों नहीं अपने बाप से माँग लाती, जो नीलेंद्र चाहता है।' सास ने कुछ ही दिनों पश्चात् इस संबंध में मुँह खोला।

'माँ! आप तो जानती हैं, मेरे पिता की स्थिति अच्छी नहीं है। दोनों छोटे भाई पढ़ रहे हैं और उनकी आमदनी भी अधिक नहीं। मेरी हिम्मत भी नहीं होती ऐसा कुछ कहने की।'

शालीनता से कही गई उसकी बात को, 'तो फिर मर।' कहकर सास ने समाप्त किया।

उसके बाद वह न जाने कितनी बार मरी, फिर से जीने के लिए। हर बार सोचती, आखिर उसका कसूर क्या है?

और इसी प्रश्न को मन में लिये, संवेदनहीनता व क्रूरता की अंतिम सीमा सहती अरुणिमा ने इस दुनिया से विदा ले ली; लेकिन मरने से पहले दुनिया के सामने मुँह तक न खोला।

कल ही रात नीलेंद्र घर आया था। रात भर उनके कमरे से मार-पीट, नीलेंद्र की गाली-गलौज और अरुणिमा के रोने-कराहने के दबे-घुटे स्वर उभरते रहे। सुबह अमन तो स्कूल चला गया, आज माँ ने उसे नाश्ता कराया था, भाभी कमरे से बाहर भी न निकली, तो उसके अबोध मन में तमाम प्रकार के सवाल तूफान बनकर खड़े थे, और लौटकर आया तो भाभी को देख भी नहीं पाया।

तो क्या वह रात को ही जल चुकी थी? अमन के मन में प्रश्न उठा।

'लेकिन नहीं, ऐसा नहीं हो सकता, आखिर एक जीता-जागता इनसान पूरी तरह जल जाए, न चीखे, न चिल्लाए और न ही जलने की कोई गंध ही फैले?' इसका मतलब यह, उसके स्कूल जाने के बाद ही हुआ।

पड़ोसियों ने बताया, गवाही दी, घर से चीखने की आवाजें आ रही थीं। यह साबित हो चुका था कि उसे कमरे में बंद कर जलाया गया। पति ने जलाया और सास-ससुर मूकदर्शक बने देखते रहे।

अरुणिमा के अंतिम बयान ने तीनों को सलाखों के पीछे पहुँचाया, उन्हें उम्र कैद हुई और अमन गया बाल अपराधियों के बीच।

आखिर भाभी ने क्यों कहा? सब लोग शामिल थे। क्या उन्होंने उसके लिए भी कहा होगा? शायद नहीं। किसी ने भी उनके दिए बयान में सत्य को जानने का प्रयास नहीं किया।

अरुणिमा ने क्या स्वयं सोचा होगा कि उसका यह बयान उस परिवार में उसके एकमात्र हमदर्द और उसके सबसे प्रिय अबोध अमन को भी सलाखों के पीछे ला देगा। यों तो अरुणिमा इस घर में कभी भी खुश न रही, लेकिन नीलेंद्र के छुट्टी आने पर उसकी पीड़ा कई गुना बढ़ जाती और उन्हीं दिनों में अमन भाभी के आसपास किसी-न-किसी बहाने से आता और परेशान, दुःखी भाभी को हँसाने का प्रयास करता। यह बात अरुणिमा भी समझती। उसे देख एक फीकी सी मुसकान उसके चेहरे पर उतर ही आती थी।

सुधारगृह पहुँचने के बाद दो दिन तक उसने भोजन तक न किया। एक ओर माता-पिता और भाई के प्रति मन में नफरत भर गई तो दूसरी ओर बिना किसी अपराध के जेल में रहने की सजा ने मन में और भी आक्रोश भर दिया।

'भाभी को परेशान करते हुए शर्म नहीं आई थी, जो अब भूखे रहकर नखरे दिखा रहे हो।' वहीं किसी ने कहा तो वह भड़क उठा। बोला, 'आपने भाभी को पूछ तो लिया होता कि अमन का भी कसूर है? उससे पूछते मेरे बारे में तो वह सब सच-सच बता देतीं, जैसे मैंने सबके सामने उस पर हुए अत्याचार के बारे में बताया था।'

'मैंने कुछ नहीं किया।' वह चिल्ला उठा। क्रोध से उसकी आँखें जल उठीं, ऐसा कुत्सित झूठ उससे सहन नहीं हो रहा था।

'तुम्हें अब यहीं रहना है, अच्छा हो, आदत डाल लो।' बालगृह की वार्डन ने उसे समझाया।

वह शांत हो गया, लेकिन मन का आक्रोश नहीं गया।

समय बीतता गया, उसका बचपन भी यों ही गुजर गया, अब वह बीस वर्ष का हो गया था और बच्चों की जेल से बड़ों के कैदखाने में था, जहाँ कच्ची उम्र के नासमझ नहीं, बल्कि बड़ी उम्र के तथाकथित समझदार गुनहगार रहते हैं।

और फिर एक दिन वह छूट गया, किसी गैर-सरकारी संस्था ने केस लड़ा था उसका। उसका चाल-चलन और अपराध के समय की उसकी उम्र को देखते हुए उसे बरी कर दिया गया।

सातवीं कक्षा में पढ़नेवाले अमन के आठ वर्ष खो चुके थे और इन दस वर्षों ने उसे कुंठाग्रस्त बना दिया। माता-पिता और भाई से इस हद तक घृणा हो गई कि बाहर आने के बाद एक बार भी उनसे मिलने न गया।

'इन्हें तो फाँसी होनी चाहिए थी।' भाभी को याद कर उसकी मुट्ठियाँ भिंच जातीं।

इस पूरे संसार में अब वह नितांत अकेला था। जिन्होंने जुर्म किया, उन्हें उसकी सजा मिली, लेकिन उसका अंतर्मन बार-बार उससे पूछता—'आखिर कसूर क्या था?'

□

नई आशा

उसकी हँसती-खेलती गृहस्थी को न जाने किसी की नजर लग गई, पिछले कुछ दिनों से परिवार के अंदर भूचाल सा आ गया था। बात-बात पर आशा माँ-पिताजी को काटने को दौड़ती जैसे।

बड़ा धर्मसंकट था उसके लिए भी। क्या करे? किसके पक्ष में बोले और किसके पक्ष में न बोले।

कई बार प्यार-प्रेम से उसने पत्नी को समझाया भी—'देखो आशा! माँ-पिताजी अब बूढ़े हो गए हैं, कितने दिन और जीएँगे। इसलिए क्यों उनके प्रति अपना मन खराब करती है?'

'बूढ़े हो गए हैं तो तहजीब से रहें, यहाँ-वहाँ गंदगी करते-फिरते हैं। मेरे बस का नहीं है चौबीसों घंटे नौकरानी का काम करना।' आशा चिढ़ जाती।

'इसमें नौकरानी वाली क्या बात है, न करो तुम सफाई, मैं कर लूँगा खुद।' समझाता अनूप।

'तो करो न, करते क्यों नहीं? सिर्फ बोलते ही बोलते हो।' आशा उलाहना देती।

दो साल हो गए थे आशा और अनूप की शादी को। एक बेटी भी हो गई थी। आशा अपने पिता की अकेली संतान थी। पिता सरकारी स्कूल में हेडमास्टर थे। खाता-पीता घर था। माँ बचपन में ही मर गई थी, चार साल की थी तब वह। इसलिए पिता ने ही उसे माँ का प्यार भी दिया।

दूसरी शादी नहीं की मास्टरजी ने। दस साल की उम्र से ही आशा ने स्कूल के साथ-साथ घर-गृहस्थी भी पूरी तरह सँभाल ली थी।

एक बार फिर मास्टरजी का अस्त-व्यस्त जीवन पटरी पर आ गया। घर की साज-सज्जा और सफाई से लेकर खाने-पीने की दिनचर्या नियमित हो गई थी।

अनूप के पिता किसान थे। कई बीघे खेती के साथ अच्छा बड़ा मकान और रहन-सहन भी ठाठदार।

अनूप ने इंटर तक पढ़ाई करने के बाद शहर जाकर डिग्री की पढ़ाई पूरी की और फिर गाँव आकर पूरी तरह कृषि कार्य में पिता का हाथ बँटाने लगा था। अपने माता-पिता का एकमात्र सहारा था वह, इसलिए चाहता था कि उनके बुढ़ापे में उन्हें भरपूर सुख दे, किंतु उसका सोचा हुआ उसी के पास रह गया। सुख के बजाय तो उनका बुढ़ापा उनकी पत्नी के अहम और दंभ के तले कुचलता हुआ सा प्रतीत हो रहा था।

आशा से उसकी शादी के बाद एक साल तक तो सब ठीक-ठाक चला। एक प्यारी सी बिटिया भी हो गई, किंतु धीरे-धीरे माँ-पिता के प्रति आशा की त्योरियाँ चढ़ने लगीं। माँ पहले से ही कमजोर एवं घुटनों के दर्द से पीड़ित थी, अब पिता ने भी बिस्तर पकड़ लिया। एक दिन घर की सीढ़ियों से फिसलने के बाद उनके कूल्हे की हड्डी टूट गई। शहर के बड़े अस्पताल में ऑपरेशन कराना पड़ा। काफी रकम खर्च हुई और पूरे एक माह तक हॉस्पिटल में रहना पड़ा सो अलग। इसके बावजूद उनका पैर पूरी तरह ठीक नहीं हो पाया। थोड़ा सा चलने पर ही दर्द की शिकायत बढ़ जाती, सो उनका खेतों में जाना बिल्कुल बंद हो गया।

बिटिया हुई तो आशा पर काम की जिम्मेदारी भी बढ़ी और शायद इसी जिम्मेदारी का दबाव रहा हो या कोई अन्य कारण, आशा के स्वभाव में कड़वापन आता चला गया। यह कड़वापन उसकी पूरी गृहस्थी में घुलता चला गया।

'मुझे मायके जाना है कुछ दिनों के लिए, पक गई हूँ मैं तो यहाँ।'

पहली बार बोले गए उसके ये शब्द सुनकर तो अनूप का सिर चकरा गया।

'क्यों, यहाँ क्या परेशानी आन पड़ी है?' पूछा था उसने।

'एक परेशानी हो तो गिनाऊँ। सुबह से शाम तक चैन नहीं एक पल का। नौकरानियों जैसी हालत हो गई है मेरी तो।' उसने अपना दुखड़ा सुनाया।

'ऐसा कौन सा बोझ आन पड़ा तुम पर, खाना बनाना और छोटी की देख-रेख करने के अलावा।' उसका मुँह ताकता रह गया अनूप।

'तुम तो सुबह खेतों में निकल जाते हो। घर में कितना काम होता है, तुम समझ नहीं सकते हो कभी। इतने बड़े घर में झाड़ू-पोंछा करना, छोटी को नहलाना- धुलाना और तुम्हारे माँ-पिता की सेवा शुश्रूषा करना, क्या यह कम आफत है।' आशा ने सेवा शुश्रषा शब्द को कुछ इस तरह से कहा कि वह एक तीर के माफिक चुभा अनूप के हृदय में।

पहली बार उसे पता चला कि माँ-पिता के प्रति उसके मन में क्या है? आफत समझने लगी थी वह उन्हें। कुछ नहीं बोला प्रत्यक्षतः अनूप। समझ सकता था कि वह कई बार परिस्थितियों के चलते इनसान का मन अपने प्रति भी खराब हो जाता है।

लेकिन यहाँ तो आए दिन परिस्थितियाँ बिगड़ती चली गई। छोटी-छोटी बातों पर आशा बिगड़ने लगती। अनूप कुछ कहता तो फिर सारा घर सिर पर उठा लेती। वृद्ध माँ-पिता को समझ में आ गया था कि पति-पत्नी के बीच विवाद की जड़ हम ही हैं।

'बेटा, हमारी वजह से तुम्हारे बीच कड़वाहट हो रही है। तुम हमारे लिए अपना जीवन खराब न करो। हमारा क्या है, आज हैं कल नहीं रहेंगे।' पिता से अनूप का दुःख देखा न जाता।

और फिर एक दिन सुबह अनूप जब चाय लेकर उनके कमरे में गया तो वे दोनों कमरे में नहीं थे। पहले तो अनूप ने सोचा कि कहीं खेतों की ओर निकल गए होंगे, लेकिन जब काफी देर हो गई और वे दोनों नहीं लौटे तो उसके माथे पर चिंता की रेखाएँ उभर आईं। किसी अनिष्ट की

आशंका से उसका दिल बैठने लगा। सिर्फ खेत ही नहीं बल्कि गाँव का कोना-कोना और घर-घर छान मारा उसने, लेकिन वे होते वहाँ तो मिलते। उस रात उसने खाना भी नहीं खाया। आशा ने थाली उसके सामने रखी थी, लेकिन बिना कुछ कहे उसने थाली सरका दी, खामोशी पसर गई घर में। मौत के जैसा सन्नाटा घर को अपने आगोश में लिये हुए था।

बहुत खोजा अनूप ने उन्हें दूर-दूर तक, किंतु उनका कोई पता नहीं चला। दिन गुजरते चले गए और उसी हिसाब से घर में झगड़ा भी बढ़ता चला गया। अनूप ने सीधा-सीधा अपने माँ-पिता की गुमशुदगी के लिए आशा को ही दोषी ठहरा दिया।

'तुम्हारी प्रताड़नाओं की वजह से ही मेरे माँ-पिताजी ने घर छोड़ा है। अगर उन्हें कुछ हुआ तो मैं तुम्हें भी जिंदा नहीं छोड़ूँगा। अच्छा तो यह है कि तुम भी यह घर छोड़ दो।' अनूप ने अपना निर्णय सुना दिया था आशा को।

आशा भी कहाँ कम थी। उसने भी तुरंत सामान बाँधा और एक साल की दुधमुँही बच्ची को लेकर घर से निकल गई।

'जा रही हूँ, बुलाने मत आना मुझे। बीवी-बच्चों की जगह अपने माँ-बाप के संग ही जीवन काट लेना सारा।' बोलकर गई थी वह भी।

एक साल हो गया तब से। अनूप भी ताला डालकर माँ-पिता की तलाश में निकल गया था और आशा ने मास्टरजी के पतझड़ जैसे जीवन में दुबारा खुशियों की कलियाँ खिलाने की कोशिश की। सेवानिवृत्ति के बाद अब उनके जीवन में पतझड़ के बाद खड़े पेड़ जैसा खालीपन आ गया था।

मास्टरजी थे खुद्दार किस्म के आदमी, साफ-साफ शब्दों में कह दिया बेटी को—'बेटी, तू मेरी चिंता न कर, वापस अपने घर जा, वरना मेरा दु:ख और बढ़ जाएगा।'

आशा भी हठी थी, पत्थर फेंककर आई थी उधर, तो जा नहीं सकती थी।

'नहीं पिताजी! अब मैं वहाँ कभी नहीं जाऊँगी।'

'क्या? कभी नहीं जाएगी? लेकिन क्यों?' व्यथित स्वर में पूछा उन्होंने, लेकिन इस क्यों का जवाब नहीं दिया आशा ने।

मास्टरजी ने अपने आपको घर के अंदर कैद करके रख लिया तब से। गाँव-समाज में उठना-बैठना एकदम बंद हो गया उनका। न जाने क्या बात रही हो मन में, इसे उनके अलावा कोई नहीं समझ सका और न ही उन्होंने किसी को बताया।

फिर एक दिन सुबह जब उनके कमरे का दरवाजा सूरज निकलने तक नहीं खुला तो आशा ने अड़ोस-पड़ोस के दो-चार लोगों को बुलवाकर दरवाजा तुड़वाया। पता चला कि मास्टरजी के जीवन का सूरज ढल चुका था।

अब वह अकेली पड़ गई थी। एकदम अकेली, अपनी बच्ची के साथ। एक जवान शादीशुदा लड़की मायके में रह रही थी तो लोगों ने भी अब अनेक प्रकार की बातें बनानी शुरू कर दीं। कोई कहता कि चरित्र अच्छा नहीं था तो पति ने छोड़ दिया, तो कोई कहता कि इसी की करनी का फल मास्टरजी को भुगतना पड़ा अपनी जान देकर।

एक दिन तो हद ही हो गई। गाँव के ही दो आवारा मनचले लड़के रात को उसके घर में घुस आए। जब उसने शोर मचाया तो लड़कों ने कह दिया कि इसी ने हमें बुलाया था। लोगों ने लड़कों की बात पर विश्वास किया और उसे खूब खरी-खोटी सुनाई।

अपनी बेटी को सीने से लगाए रात भर सुबकती रही वह। जिस गाँव के लिए वह कल तक लाड़ली होती थी, आज उसी गाँववालों की आँखों की किरकिरी बन गई थी वह।

उचट गया था उसका मन इस समाज से। यदि यह छोटी सी जान नहीं होती उसके पास, तो चली जाती वह भी प्रभु के दरबार में, लेकिन इसकी खातिर तो जिंदा रहना ही पड़ेगा। अब उसे अपने किए पर भी कई बार पछतावा होता।

सास-ससुर के साथ अच्छा नहीं किया था उसने। न जाने किस हाल में होंगे वे बेचारे। अनूप ने उन्हें ढूँढ़ा भी होगा या नहीं? सोते-खाते यह विचार उसके मन-मस्तिष्क में कौंधते रहते। न जाने अनूप कैसा होगा, क्या गुजर रही होगी उसपर?

सचमुच बहुत ही बुरे गुजरे अनूप के ये ग्यारह माह। सबकुछ छोड़-छाड़कर पागलों की तरह वह शहर-दर-शहर भटकता रहा। झुग्गी-झोंपड़ी, ताल-तलैया, रेलवे स्टेशन और बस अड्डों की खाक छानते-छानते आखिर हरिद्वार के एक वृद्धाश्रम में उसे अपने माता-पिता मिल ही गए।

'किन पापों की सजा दे रहे हो आप लोग मुझे? क्यों छोड़कर आ गए मुझे अकेला इस जीवन में?' लिपट गया वह माँ-पिताजी से।

आँसू छलक आए थे माँ-पिता के भी अपने जिगर के टुकड़े को अपने पास पाकर, लेकिन प्रत्यक्षत: अपने आँसुओं को छिपाकर माँ ने उसे तसल्ली दी—'हम यहाँ सुखी हैं बेटा, तुम चले जाओ यहाँ से और अपना घर-संसार देखो।'

'घर और संसार तो दोनों ही आपके चरणों में है मेरा। अब मैं आपको लिये बिना नहीं जाऊँगा।' अपने को कुछ संयत कर बोला वह।

'लेकिन अब हम वापस वहाँ जाकर तुम्हारे जीवन में जहर नहीं घोलना चाहते।' पिता ने समझाया उसे।

'तो ठीक है, मुझे भी ऐसा जीवन नहीं चाहिए। जान दे दूँगा मैं भी यहीं नदी में कूदकर।' जिद पर अड़ गया वह भी।

वृद्धाश्रम का मैनेजर जो इस मिलन का साक्षी था, उसी ने मध्यस्थता करके किसी तरह दोनों को घर जाने के लिए राजी किया।

'भगवान् ने आपको ऐसा मातृ-पितृभक्त बेटा दिया है तो क्यों नहीं मानते आप लोग उसकी बात। आजकल कौन पूछ रहा है वृद्ध माँ-पिता को। बीस साल से इस वृद्ध आश्रम में रह रहा हूँ मैं। लोग खुद अपने माँ-पिता को गेट के बाहर अपनी गाड़ियों से उतारकर चले जाते हैं और एक आपका बेटा है, जो आपको वापस लिये बगैर नहीं लौटना चाहता, अंतत:

माननी ही पड़ी उन्हें अनूप की बात और वे घर जाने को राजी हो ही गए।

एक वर्ष बाद घर लौट रहे थे वे। दूर से जब घर नजर आने लगा तो अनूप के मन में प्रसन्नता की लहरें हिलोरें मारने लगीं। अनूप सोच रहा था कि इस दौरान बंद घर में घास-फूस जम गई होगी। छत सलामत होगी भी या नहीं? कई दिन लग जाएँगे साफ-सफाई में। फिर अनूप को यकायक आशा और छोटी की याद हो आई। आज जब माता-पिता उसे वापस मिल गए तो आशा और छोटी की कमी भी अखरने लगी थी उसे।

घर के नजदीक पहुँचे तो अनूप के आश्चर्य का ठिकाना नहीं रहा। घर साफ-सुथरा नजर आ रहा था। आँगन लिपा-पुता हुआ था और ताले खुले हुए थे।

आँगन में पहुँचते ही सिर पर पल्लू रखे आशा बाहर निकली और एक-एक कर तीनों के चरण स्पर्श किए।

'तुम? तुम यहाँ क्यों आई?' त्योरियाँ चढ़ गई थीं अनूप की।

'मैं भटक गई थी, अब वापस आ गई हूँ। अब मैं वह आशा नहीं रही। मुझे माफ कर दीजिए माँजी-पिताजी। मैंने आपके प्रति बहुत अन्याय किया, लेकिन इस समाज ने मुझे घर, परिवार और गृहस्थी का महत्त्व समझा दिया है। अपनी ही गलतियों के कारण मैंने वह घर और पिता को भी खो दिया है। अब मैं आप लोगों को नहीं खोना चाहती। मेरा संसार तो आपके चरणों में है।'

उसकी आँखों से अश्रुधार फूट पड़ी और माँ-पिता के चरणों को धोने लगी। छोटी दरवाजे पर खड़ी टुकुर-टुकुर इस घटनाक्रम को समझने का प्रयास कर रही थी। अनूप ने दौड़कर उसे गले से लगा लिया।

□

फिर जीवन जीने के लिए

रात्रि का अँधेरा गहराने के साथ-साथ गजेंद्र के जीवन का अँधेरा भी बढ़ता प्रतीत हो रहा था। दस बाई दस के इस कमरे में बेचैनी से टहलते गजेंद्र की समस्त इंद्रियों ने काम करना बंद कर दिया था। दिन भर की निरर्थक भाग-दौड़ के बाद शाम के धुँधलके में ही उसने अपने आपको कमरे में बंद कर लिया।

पिछले डेढ़ वर्षों से उसके जीवन में इतने उतार आ चुके थे कि पत्नी को भी इसकी आदत पड़ गई थी। साढ़े आठ बजे उसने द्वार खटखटाकर खाने के लिए आवाज लगाई।

"भूख नहीं है मुझे, तुम खा लो।" अंदर से ही उसने कह दिया।

पत्नी ने अधिक जोर न दिया। पिछले कुछ समय में न जाने कितनी बार ऐसा हो चुका था कि गजेंद्र ने भोजन नहीं किया और उसके आग्रह करने पर उसे झिड़क भी दिया।

बच्चों ने भोजन किया, कुछ देर तक बरतनों के खड़खड़ाने की आबाज उसे सुनाई देती रही, फिर सब शांत हो गया। उसने घड़ी की ओर देखा, दस बज चुके थे। पत्नी ने घर का काम कर दिया होगा और बच्चे शायद पढ़ रहे होंगे।

लेकिन उसकी आँखों में न नींद थी, न मन में चैन। वर्षों की अथक मेहनत से कमाई गई संपत्ति तो स्वाहा हो ही गई थी, लेकिन अब तो बचा-खुचा सम्मान कब नीलाम हो जाए, कुछ कहा नहीं जा सकता। जो

धन कमाया था, वह तो एक झटके में समाप्त हुआ, लेकिन सम्मान? धन जाने का गम नहीं, धन था ही कब, मेहनत से ही तो पाया था और फिर जमीन से उठा था, अथक परिश्रम कर एक-एक रुपया देखा और जो चाहा पूरा भी हुआ, फिर एक जलजला आया और सबकुछ बिखर गया, उसी जमीन में एक बार फिर खड़े होने का गम भी नहीं, लेकिन इज्जत चली गई तो फिर जीने का अर्थ खत्म हो जाएगा।

दिन भर इधर-उधर भटकता रहा, बैंक के चक्कर काटे, कुछ लोगों से बात की, लेकिन हल न निकला।

'इस अपमान भरे जीवन से तो संसार त्याग देना बेहतर, उसके पीछे कुछ भी होता रहे, उसे क्या पता चलेगा?' मन में तरह-तरह के तूफान उठने लगे, जो उसे नीचे तक हिला देते।

'लेकिन उसके बीवी-बच्चे? उनका क्या होगा?' मन के दूसरे कोने से आवाज उठी।

'अभी भी क्या कर पा रहा है वह उनके लिए, वह नहीं भी रहेगा तो भी वे जी लेंगे।' निराशावादी मन बार-बार जोर मार रहा था।

'हाँ, यही ठीक रहेगा, मर जाना ही अच्छा होगा अब उसके लिए।'

जीवन त्यागने का निश्चय किया तो भरपूर जिया हुआ जीवन याद न आए, ऐसा हो नहीं सकता। पिछले बीस-पच्चीस वर्षों का दृश्य, तमाम उतार-चढ़ाव उसकी आँखों के सामने चलचित्र के समान घूमने लगे।

केदारनाथ यात्रा मार्ग के पास था उसका छोटा सा सरसब्ज गाँव। स्कूल की पढ़ाई पूरी करने के बाद मुख्य मार्ग पर चाय-नाश्ते की छोटी सी दुकान खोल ली। कठिन परिश्रम और लगन ने सपने दिखाए तो उत्तरोत्तर व्यवसाय बढ़ा, चार-पाँच वर्षों के बाद वही दुकान व बगल की दो नाली जमीन भी खरीद ली।

आमदनी में वृद्धि हुई, साथ ही घर की जिम्मेदारियाँ भी बढ़ीं। विवाह हुआ और उसके पश्चात् पाँच-छह वर्षों में वह एक पुत्री और एक पुत्र का पिता भी बना।

यात्रा पर आने वाले लोगों की संख्या वर्ष दर वर्ष बढ़ती गई और रहने का स्थान कम पड़ता गया। व्यापार के अवसर तलाशते लोगों ने छोटे-बड़े लॉज और होटलों का निर्माण कराया। गजेंद्र ने भी बगल की भूमि पर चार-पाँच कमरों का एक लॉज बना दिया। पर्यटन को बढ़ावा देने के लिए ऋण पर सरकारी मदद भी मिली तो कई व्यापारियों के हौसले बुलंद हो गए। ऐसा लगा, मानो उनकी प्रगति खुशी का आसमाँ छू रही है।

'तेरे पास तो मोटर मार्ग के किनारे जमीन है, अभी भी बड़ा होटल क्यों नहीं बनाता? देख रहा है, भीड़ कितनी बढ़ रही है।' एक दोस्त ने सलाह दी।

'हाँ, मन तो मेरा भी करता है, लेकिन इतना पैसा कहाँ से आएगा?'

'जमीन तेरे पास है, थोड़ी-बहुत जमा पूँजी भी होगी, बाकी लोन ले लेना। तू क्या सोचता है, जिन्होंने बड़े-बड़े होटल बनाए हैं, उन्होंने उसमें अपना पैसा लगाया है? अरे, बड़े-बड़े लोन लिये हैं सबने।' दोस्त ने हौसले में उड़ान भरी।

'हाँ, कह तो तू ठीक रहा है, लेकिन अभी इसी साल तो पिछला लोन चुकाया है।' गजेंद्र अभी भी असमंजस में था, लेकिन फिर भी दोस्त की बात उसे ठीक लगी।

पिछले कुछ वर्षों में आसपास इतने बहुमंजिला होटल बन गए थे कि अपना वह लॉज मखमल में टाट का पैबंद सा लगता। ऐसा भी नहीं था कि व्यवसाय की कमी थी, सीजन में भीड़ लगी रहती इनमें, वर्ष भर की कमाई कुछ ही महीनों में हो जाती।

और फिर छह माह में सबकुछ हो गया, प्रोजेक्ट बना, नक्शा बना, काम भी शुरू हुआ और साथ ही स्वीकृत हुआ एक करोड़ का लोन।

घर आकर एक के आगे जीरो गिनकर देखे थे उसने, मन-ही-मन घबराया भी था।

'इतना बड़ा लोन, कोई गलती तो नहीं कर रहा मैं।'

और फिर यात्रा में उमड़ने वाली भीड़ देख निश्चिंत हो गया।

एक-डेढ़ वर्ष पलक झपकते बीत गए, अगली यात्रा के लिए होटल तैयार था। यात्रियों की संख्या देख गजेंद्र का चेहरा खिल उठा।

ऋण चुकाने की चिंता में कमाई का अधिक हिस्सा वहीं जमा किया, उसे उम्मीद थी, सात वर्ष का ऋण वह समय से पहले ही चुकता कर देगा।

लेकिन ऊपर बैठा ईश्वर क्या ताना-बाना बुन रहा है वही जानता है। उस रात धरती काँप उठी थी, पानी ऐसा बहा, मानो अपने वेग से चट्टानों को भी बहा ले जाना चाहता हो। क्या ईश्वर ने मानवीय भूलों की सजा दी थी या प्रकृति अपने अनुचित दोहन से कुपित हो रौद्र रूप दिखा रही थी। हजारों मानवों के साथ-साथ बहुमंजिला भवन धराशायी हुए, खेत-खलिहान—पशु। यहाँ तक पक्षी भी पानी के बहाव में समा गए।

प्रलय का तांडव कुछ कम हुआ तो हजारों लोग अपनों को खोज रहे थे। कहीं परिवार नहीं मिल रहे थे तो कहीं घर, किसी ने दोनों खोये तो किसी ने परिवार और किसी ने संपत्ति, किसी ने बच्चे तो किसी ने अपने माँ-बाप, भाई बहन¨।

गजेंद्र दोनों तरह से भाग्यशाली रहा, परिवार भी बच गया और होटल भी, लेकिन यात्री रूठ गए। एक महीने की यात्रा के बाद व्यवसाय ठप्प हो गया, सड़कें टूट चुकी थीं, विनाश के निशान चारों ओर बिखरे पड़े थे।

कुछ माह अफरा-तफरी में ही निकल गए। मृतकों व लापता लोगों की खोज, जीवितों को आश्रय। यात्रा समाप्त हो चुकी थी और व्यवसाय ठप्प।

इसके बाद आरंभ हुआ मुआवजे का खेल। मरने वालों के परिजनों को मुआवजा, बेघरबार हुए लोगों को मुआवजा, लेकिन गजेंद्र? उसका क्या? न धन की हानि न जन की। हानि थी तो व्यवसाय की, रोजी-रोटी की, जिसमें कोई मुआवजा न था।

'काश मेरा होटल भी ढह जाता, बह जाता उस विभीषिका में। बीमा

भुगतान मिलता, मुआवजा मिलता, बैंक का ऋण तो उतरता।' मन में अकसर यही विचार आते।

फिलहाल सरकार ने एक वर्ष के लिए ऋण वसूली पर रोक लगा दी थी, बस यही सहारा था उसे। तरह-तरह के आश्वासन और अफवाहों का बाजार गरम था। कोई कहता था, ऋण माफ हो जाएगा, तो कोई कहता, पूरा नहीं सिर्फ ब्याज-ब्याज माफ होगा। सुना है, बहुत पैसा आया है, बड़े-बड़े व्यापारिक घराने बड़े-छोटे लोग जी भरकर दान कर रहे हैं, शायद सरकार कोई कृपा कर ही दे उन लोगों पर।

एक वर्ष बीत गया, लेकिन कुछ न हुआ। ऋण की राशि ब्याज सहित और भी बढ़ गई, बैंक के तकाजे आरंभ हो गए, अब तक की कुल जमा पूँजी और गिने-चुने यात्रियों के सहारे तो होटल के कर्मचारियों का वेतन भी न निकल पाया।

धीरे-धीरे क़र्मचारियों ने भी हाथ जोड़ दिए, आखिर कब तक बिना वेतन के काम करते लोग। और फिर होटल पर ताला लग गया। अब पिछले कुछ माह से बैंक से लगातार नोटिस और फोन आने लगे थे और वह उन्हें टालता जा रहा था।

'आपका खाता खराब हो गया है, क्यों आप अपना रिकॉर्ड खराब कर रहे हैं? भविष्य में कोई भी बैंक आपको ऋण नहीं देगा।' बैंक अधिकारी ने उसे समझाया।

'आप देख रहे हैं यहाँ की स्थिति, होटल बंद पड़ा है। किसी तरह से बच्चों को दो रोटी खिला पा रहा हूँ।' उसका स्वर दयनीय हो उठा। वह बैंक अधिकारी के समक्ष दीन-हीन की तरह गिड़गिड़ा रहा था।

'आपकी बात ठीक है, लेकिन हम भी क्या करें, लोन की वसूली के नियम सख्त हैं।' बैंक अधिकारी ने भी उसकी मजबूरी को समझा।

'यहाँ स्वर्णाभूषणों के विरुद्ध ऋण मिलता है।' बैंक में लगा हुआ यह बोर्ड थोड़ी सी मोहलत दे गया।

कुछ आभूषण विवाह के समय दोनों पक्षों की ओर से बने थे और

कुछ अच्छे समय में बनवाए गए थे।

'एक लोन तो वापस हो नहीं पा रहा, अब एक और लोन। ऐसा करो, बेच दो इनको।' पत्नी ने गहनों का डिब्बा सामने रख दिया।

मन के अंदर कहीं छिपी पीड़ा ने आँखों में आँसू लाल दिए थे, लेकिन विकल्प कुछ न था। बैंक का कुछ पैसा चुका दिया गया, लेकिन आगे क्या? दो माह पश्चात् फिर वही स्थिति, एक नोटिस आया, अखबार में वसूली हेतु फोटो छपवा देंगे, दूसरा नोटिस आया, होटल बिकवा देंगे···। अब किसी ने बताया था कि कल के अखबार में फोटो और संपत्ति की नीलामी का नोटिस छपने वाला है और इसी हताशा में आज उसके मन में जीवन समाप्त करने का विचार आ गया।

रात्रि के शांत वातावरण में नदी के कल-कल बहने का स्वर साफ सुनाई दे रहा था। यह नदी अपने बहाव में कई बातें जैरो उससे कर रही थी।

'क्या नदी में कूदकर अपना जीवन समाप्त कर दे वह?'

'लेकिन कैसे? उसे तो तैरना भी आता है।' और यदि किसी तरह हाथ-पैरों का संचालन बंद कर भी दे, तब भी कितनी घुटन होगी उसे?

'नहीं-नहीं, यह तरीका ठीक नहीं।'

'तो क्या सामने पड़ी पेट्रोल की बोतल अपने ऊपर छिड़कर आग लगा ले?'

'बहुत पीड़ा होगी, तुरंत तो जल नहीं पाएगा, जलते हुए भी वह उस आग को कैसे सह पाएगा और बच गया तो जितने दिन जीवित रहेगा, एक-एक पल मरता रहेगा, सोच-सोचकर जैसे उसका दम घुटने लगा था।

अपने छोटे से होटल में स्वयं चाय-नाश्ता बनाने का अच्छा अनुभव था उसे, हाथ थोड़ा सा भी गरम बरतन पर लग जाए तो कितनी जलन होती है।

'यह तरीका भी ठीक नहीं, तो फिर और क्या? हाथ की नसें काट लूँ?'

'क्या इतनी हिम्मत है उमसें कि अपना ही हाथ काट ले और रक्त

बहता देखता रहे अपने होश खोने तक।'

'नहीं, तो फिर? कोई जहरीला पदार्थ, लेकिन वह मिलेगा कहाँ और क्या पता कितना असरदार होगा। कहीं ऐसा न हो कि प्राण तो गए नहीं बल्कि कुछ और ही परेशानी हो गई।'

कोई भी तरीका उसे समझ में न आया।

'क्या मरना इतना मुश्किल है?' मन में सवाल उठा।

'अगर जीना भी मुश्किल है और मरना भी, तो क्या जीने का विकल्प ज्यादा बेहतर नहीं।' उसने अपने आप से सवाल किया।

'हाँ, जीना ही बेहतर है। मरने में जो कठिनाइयाँ हैं, इससे अच्छा तो जीवन की अच्छाइयाँ, बुराइयाँ, खुशियाँ, परेशानियाँ जी जाएँ और फिर अपना भरा परिवार है, ये भी तो उसे सहारा देंगे, मेरे सुख-दुःख के सहभागी बनेंगे। नहीं! मुझे जीना है, मैं संघर्ष करूँगा, मजदूरी-मेहनत करूँगा, खून-पसीना फिर एक कर दूँगा। मैं 24 घंटे रात-दिन एक कर दूँगा, मैं दुनिया को दिखा दूँगा कि मैं हारने वाले लोगों में नहीं हूँ।' उसके मानस को किसी कवि की पंक्तियाँ झकझोरने लगी—

'वो पथ क्या, पथिक कुशलता क्या,
जिस पथ पर बिखरे शूल न हों।
नाविक की धैर्य-कुशलता क्या
जब धाराएँ प्रतिकूल न हों?'

उसने घड़ी की ओर देखा रात के दो बज रहे थे। आँखें भी नींद से बोझिल होने लगी और भूखे पेट अँतड़ियाँ भी कुलबुलाने लगीं। धीरे से अलमारी खोली, उसमें बिस्कुट का पैकेट था। पूरा पैकेट खा गया वह, फिर पानी पिया और उनींदी आँखें लिये बिस्तर पर लेट गया, एक बार फिर जीवन जीने के लिए।

□□□